殿下の趣味は、私（婚約者）の世話をすることです2

月神サキ

Saki Tsukigami Presents

fairy kiss

この作品はフィクションです。
実際の人物・団体・事件などに一切関係ありません。

殿下の趣味は、私（婚約者）の世話をすることです2

fairy kiss

序章　婚約者と暮らしています

私、シャーロット・グウェインウッド公爵令嬢には婚約者がいる。

その相手は、ルイスフィード・ノアノルン。私たちが住む国、ノアノルン王国の王太子その人だ。

ルイスフィード様――いや、ルイスは外見こそ紫色の瞳に黒い髪を持つ美形と呼んで差し支えない素敵な男性なのだが、その性格はとても変わっていて、趣味が『人の世話をすること』と言い切るような人だった。実際、ルイスと婚約する時に彼に言われたし。

「婚約の条件は、世話をさせてくれることだ」

そんなことを言われた私は心底驚いたし、大丈夫かこの人と思った。王族というのは世話をされるもので、世話をする側ではないからだ。

こんな妙なことを言う人とやっていけるのか。この婚約は父から申しつけられたもので、私に拒否権などないことは分かっていたけれども、素直に頷《うなず》けなかった。

だが、ルイスの側仕《そばづか》えの騎士、そのひとりであるアーノルドが言ったのだ。

「殿下の料理の腕前は相当なものですよ」と。

しかも、今まで誰も食べたことのない未知の料理まで作れるという。それを聞いた私は、即座に決断を下した。

殿下にお世話されよう、と。

馬鹿だと思うかもしれない。だけど私にはとても大事なことだった。

何せ私の趣味は『食べ歩き』なのだ。

公爵令嬢の趣味としてはどうかと思うが、実際、食にしか興味がない。美味《おい》しいものが食べられると聞けば、西へ東へどこへでも行く。

そんな私が『未知の料理』なんて話を聞いて無視できるか。答えはノーだ。

そういうわけで、私はルイスの婚約者となったのだが、なんと予想外にも顔合わせをしたその日から彼と同居することとなってしまった。世話をするのなら一緒に暮らさなければならないだろうというルイスの主張で、王宮の敷地内にある離宮に彼と住むこととなったのだ。

一体どうしてそんな話になったのかと思いつつも、今更後には退《ひ》けないので同意した。

正直不安でいっぱいだったが、それはその日の夜に彼が作ってくれた『オムライス』という料理を食べたことで霧散した。

ルイスの料理は、本当に、本当に！　素晴らしかったのだ。

彼は私が全く知らない料理を次々と作り出してくれた。『カレー』や『肉じゃが』『おにぎり』『だし巻き卵』『茶碗蒸し』など、魅惑の料理を毎日のように作ってくれたのだ。

これには私も驚いた。食べ歩きが趣味というだけあり、私は世界各国の料理にもかなり詳しい。

その私が存在すら知らない料理の数々。それは信じられないくらい美味しくて、私を幸福へと導いてくれた。そうしてあっという間に胃袋を摑《つか》まれた私に、ある日ルイスは語ったのだ。

自分は、異世界での記憶を持つ、転生者なのだと。

転生者。しかも異世界。

とても驚いたが、だからといって、何かが変わるわけではない。むしろその記憶のおかげで美味しい料理の数々を食べられるわけだから、ラッキーとさえ言えるのではないだろうか。

ルイスから秘密を打ち明けられたことで、私たちの距離は更に近くなった。

とはいっても、それは家族のようなもので、私はルイスを婚約者というより何くれとなく世話を焼いてくれる『母』のように思い始めていた。

そんなルイスが実は私のことを恋愛の意味で好きで、今後は私にそれを分かってもらえるよう行動すると言い始めた。

正直、どう反応すればいいか分からない。彼と結婚することになんの不満もないが、恋愛感情を抱いているのかと聞かれれば、多分違うと思うからだ。

ルイスの料理は美味しい。そして、その料理を食べられなくなるのは絶対に嫌だ。

今、私が分かっているのはそれだけ。

ここから私の気持ちがどう変化していくのか分からないけれど、とりあえずこれだけ分かっていれば十分な気もする。

彼も、今はそれでいいらしいし。

だからちょっと気には留めつつも、今日も私はルイスにお世話されながら、彼の作る新作料理に舌鼓を打っている。

◇◇◇

「ふあああ！　今日もルイスの作る料理は絶品。なんですか、この最高に美味しい料理は……！」

晩ご飯にとルイスが用意してくれた少し変わった料理を口に運ぶ。

パリパリの皮の食感に続き、じゅわっとした肉汁が口内いっぱいに広がった。

「お、美味しい……」

あまりの旨《うま》さに頬を押さえる。感激を抑えきれないでいると、ルイスがふふ、と楽しげに笑った。

料理を作っていたので、上着は脱ぎ、シャツとベストだけという姿だ。シャツは腕まくりをしていて、かなり様になっている。

「気に入ってくれたようだな。それは『餃子《ギョウザ》』という料理だ」

「『ギョウザ』……」

嚙《か》みしめるように呟《つぶや》く。この素晴らしい料理はギョウザというのか。

「発音は餃子、だな。皮は小麦粉を原料としている。具として肉や海老《えび》、白菜やニラ、椎茸などを味つけし、包んで焼いたものだ。これは『日本料理』ではなく『中華料理』だな」

「はあ……『中華料理』。日本料理とまた全然違いますね。異世界料理って奥が深い……」

中華料理、と記憶するように何度か繰り返す。次々と新作の料理を作り出してくれるルイスには感謝しかなかった。

しかしこの餃子という料理……すごく癖になる。

美味しそうな焼き色がついた半月型に、まず食欲が猛烈に刺激される。

大きさが一口サイズなのが良い。ぱくっと食べられるから、すぐ次に手が伸びるのだ。

ルイスが用意してくれたタレも良かった。少しピリッとしたタレを餃子に絡めると、餃子の美味しさが何倍にも膨れ上がるのだ。あと、耳の部分がパリパリとしているのも好みだ。焼き面もカリカリで食感が良い。

実は少し前まで、毒入りクッキーを食べた後遺症で食事が殆《ほとん》ど喉を通らず本調子とはとても言えない状態だったのだが、ルイスのおかげで食欲も戻り、体調もほぼ通常通りにまで回復した。好きなものを好きなだけ食べられる日々が帰ってきたのだ。

食べることが唯一の楽しみと言っていい私。回復した食欲に感謝しながら、毎日ルイスの料理を味わっているのである。

「皮がパリパリしてて美味しいです。口の中で熱々の肉汁が広がって、幸せなハーモニーを醸し出しています……」

「……よほど気に入ってくれたんだな。絶賛じゃないか」

「今まで食べた中で、一番好きかもしれません」

大皿に山盛りになった餃子に『箸』を伸ばす。

この『箸』という二本一対の棒状の道具。これは、最近ようやく上手《うま》く使えるようになった代物だ。二本の棒を片手で持って使用するのだが、最初は酷《ひど》いものだった。慣れてしまえば、むしろフォークやナイフよりも汎用性が高く、重宝する。

「はあ……何個でもいける……。何これ……」

パクパクと餃子を頬張る私を、ルイスが目を細め、じっと見てきた。

「？　なんですか？」

「いや、私の作ったものを美味しそうに食べている君は可愛《かわい》いなと思ってな。やはり私は、君の食べる姿が一番好きだと再確認していたところだ」

「ぐっほ……！　ゲホゲホッ！」

さらっと恥ずかしいことを言われて、餃子が見事に喉に詰まった。

「な……何を……」

「ん？　別におかしなことは言っていないだろう。ただ、思ったことを口にしただけなのだから」

「そ、そうですか……」

不思議そうな顔をされ、私はこれ以上何か言うのを諦めた。

少し前、ルイスに恋愛感情を抱いていることを告白され、これから本格的に口説いていくと宣言されてからというもの、こういう台詞《せりふ》は日常茶飯事なのだ。いちいち反応していては、調子に乗ったルイスがもっと甘ったるい台詞を口にするだけ。

正直、今まで世話をしてくれるルイスを母のようだと思っていただけに、いきなり『異性』を突きつけられても動揺しかない。

——はあ。心臓に悪いわ。

困ったことに、ルイスに甘い言葉を言われると、心臓がおかしなくらいにバクバクするのだ。

頬の火照りを気にしつつも、もう一個とばかりに箸を伸ばす。やっぱり餃子は美味しくて、私の心を浮き立たせてくれたが、彼の甘い笑みにはなかなか慣れないなと思うのだった。

第一章　紫色の飴《あめ》をもらいました

「こ、これは……！」

夕食時、ルイスが出してくれた食事に私は目を輝かせた。

小さな鍋には湯が入っており、中には先日食べた餃子が浮かんでいる。

「な、なんですか……これ。餃子が浮いているように見えるんですけど……」

ドキドキしながらルイスに尋ねる。何かとても素敵なことが起こるのではないかという期待があった。

ルイスを見上げると、彼はニヤリと笑う。その顔を見た私は、更なる期待に身を震わせた。

「ルイス……」

「これは、『水餃子』というものだ。先日君が食べたのは『焼き餃子』。餃子には他に『揚げ餃子』というものもある」

「なんですって……！」

ピシャーンと雷が落ちたような衝撃が私を襲った。

先日食べた餃子。それは私の好きな食べ物ランキングを見事塗り替えてくれた食べ物なのだが、それに別の種類があるというのか。

小鍋の中を覗《のぞ》き込む。具がたっぷり詰まった白い皮が浮いている。焼き餃子と比べてツルッとしているし、皮が分厚いような気がする。

「……餃子って奥が深いんですね」

「タレは色々あるが、とりあえず私お勧めのものにしておいた。少し酸っぱいが、水餃子とは相性がいいだろう」

さあ、と食べるよう勧められ、私はドキドキしながら『散蓮華《ちりれんげ》』を握った。この散蓮華というのは、箸と同じで異世界の道具だ。異世界版スプーンで、底が楕円形。深さがあるので、スプーンよりものを掬《すく》うことに特化している。ルイスが知り合いの職人に頼んで作ってもらったというそれは、箸と同じで慣れればとても使いやすい。

タレの入った器を持ち、散蓮華で水餃子を掬う。透明感のあるオレンジ色のタレにつけ、水餃子を味わう。

「……！」

焼き餃子と違う感動がそこにはあった。

「美味しい～!!」

もっちりとした食感の皮。中の具は少し酸っぱいタレとの相性が抜群だ。同じ具のようなのに、味わいが別物だ。いや、海老が自己主張している。プリプリですごく美味だ。

「えっ……すごい……さっぱりしてる。ツルッとしてて食べやすい。海老、海老が美味しい……わあ……何これ！」

初めて食べる水餃子に感動していると、ルイスが満足そうに言った。

「きっと君は気に入ると思ったんだ。大当たりだったな」

「餃子……いえ、焼き餃子もすごく美味しかったですけど、この水餃子も絶品です。同じものなのに、別の味わい。すごいですね……！」

「その感じだと、多分、揚げ餃子も好きだろうな。油で揚げるのだが、菓子を食べているような気分になるぞ」

「それは是非！　食べたいです！」

力強くアピールした。

「餃子って魔の魅力がありますよね。一口サイズだからいくらでも食べられるし種類も豊富。無敵じゃないですか」

「まあな。だが、食べすぎてお腹《なか》を壊さないように。前回、焼き餃子を百個も食べただろう。食べたあと、胃もたれなどはなかったか？」

「全然！　私の胃袋を舐《な》めないで下さい！　食べ歩きで鍛えてますからね！　百個くらい余裕ですよ！」

ルイスの言葉に胸を張る。私の胃袋は丈夫なのだ。餃子を百個食べた程度で痛むようなことはない。ルイスも満足げに頷く。

「さすがだな、ロティ。実はまだ水餃子が残ってるんだ。もう少し食べるか？」

「いただきます！」

勢いよく右手を挙げる。とても良い返事をした私を見て、ルイスが笑った。

「了解した。では、君のためにおかわりを用意することにしよう。ああ、今日のデザートは生クリームたっぷりのシュークリームだ。もちろん、食べられるな？」

「はい！」

生クリームと聞き、勝手に唾液が出てくる。それを呑《の》み込み、頷いた。ルイスは異世界料理が得意なのだが、普通の料理もとても上手なのだ。特に菓子類はプロレベル。私の胃袋はとうに摑まれている。

デザートの話を聞いてすっかりテンションが上がった私は、上機嫌におかわりとして出してもらった水餃子を食べた。もちもちの食感を楽しみながらパクパクと食べていると、後ろから呆れたような声がかかる。

「一体いくつ食べるんですか。見ているだけでお腹がいっぱいになりますよ」

「えー、いいんじゃね？　自分で食べるなら嫌だけど、別にオレたちが食べるわけじゃないんだし。それに食いっぷりが良いから、むしろ感心する」

「僕は気持ち悪くなってきましたよ」

「アーノルドってば、繊細〜」

青い騎士服を着た短髪の男がケラケラと笑う。

今、笑ったのが、ルイスの側仕えの騎士であるカーティス。うぷっと口元を押さえている眼鏡の男が、彼の双子の兄である、同じく騎士のアーノルドだ。金髪碧眼の彼らは顔立ちもそうだが、性格もわりと似ているところがある。ふたりともなんというか……とてもイイ性格をしているのだ。

アーノルドは敬語で厭《いや》みを言ってくるタイプだし、カーティスは笑いながら、人が気にしていることを遠慮なく突いてくる男だ。ルイスとは幼い頃からの付き合いで、彼が信を置いている部下でもある。ルイスがいない時なんかは、双子のどちらかが私の護衛にと残ってくれることが多い。

私は最後の水餃子を食べてから、そんな彼らに向き直った。

「ご心配なく。もう食べ終わりましたから」

赤い騎士服を着たアーノルドが目を丸くする。信じられないと眼鏡の奥の瞳が物語っていた。

「……相変わらずの食欲ですね」

「はい。まだまだいけますよ」

「その細い身体のどこに入ってるんだろうねえ」

「さあ？　昔から燃費の悪い身体なもので」

カーティスの質問に、首を傾《かし》げつつ答える。実際、腹八分どころか、五分程度なのだ。この大食いは子供の頃からずっとで、今更気にしても仕方ない。それにルイスはよく食べる私のことを気に入ってくれたのだから、それでいいと思っていた。

私たちがいる食堂の隣にある厨房《ちゅうぼう》からルイスが出てくる。その手には銀のトレーがあった。

ビッグサイズのシュークリームに目が輝く。

「ロティ、デザートのシュークリームを持ってきたぞ。あと、飴があるのだが食べるか？」

「美味しそう……え、飴、ですか？」

はて、と首を傾げる。生地からはみ出るほどたっぷり生クリームが使われたシュークリームはとても美味しそうだったが、何故《なぜ》このタイミングで飴という言葉が出てきたのか。

私はシュークリームに視線を固定したまま、ルイスに尋ねた。

「ええと、ルイスって、飴細工もできたりするんですか？」

「そういうわけではないのだが……そうだな。特別な飴なんだ。多分、一生に一度しか食べる機会がないと思うぞ」

話を聞いて目を丸くする。一生に一度しか食べる機会のない飴？　そんなものが存在するのか。

食の知識はある方だと自負しているが、ルイスの言う『飴』の話は初耳だ。

「え、そんなの聞いたことないんですけど」

「そうか？　王族や高位貴族の間ではわりと有名なんだが」

「え？　高位貴族もですか？　……うち、公爵家なんだけどな。お父様は知ってるのかな……」

「公爵は間違いなく知っているだろう」

「ええ!?」

ルイスが確信を持って告げる。それを聞き、思わず言ってしまった。

「お父様だけずるい！」

知っていたのなら、せめてその存在くらい教えてくれてもよかったのに。ムッとしていると、ルイスが苦笑しながら言った。

「知っているだけだ。食べたことはないと自信を持って言えるぞ」

「そういえばさっき、一生に一度しか食べられないって言ってましたものね。そうか……稀少《きしょう》すぎるから教えて下さらなかったのかな」

「かもな。……それで、だ。君にはその稀少すぎる飴をプレゼントしたいと思っているのだが、どうだろうか」

「是非！」

ルイスの言葉に、思わず腰を浮かせる。珍しい食べ物の存在を聞いた私が、断るわけがない。

「是非、いただきたいです」

「そうか。なら、最後に持ってこよう」

「ありがとうございます。楽しみです……！」

特別な飴とはどんなものなのだろう。今から楽しみで仕方ない。

ウキウキとしていると、アーノルドが何かに気がついたように言った。

「……殿下。その飴とは、もしかして……」

「それ以上は言うな」

厳しい声でルイスがアーノルドを諌《いさ》めた。アーノルドは微妙な顔をし、「ですが……」と納得できないようだ。

「別に遅いか早いかの違いだろう」

「それは……そうです、が……はい、分かりました」

何が分かったのだろう。アーノルドとルイスを交互に見る。ルイスと目が合った。

「ルイス？」

「なんでもない」

「……」

じーっと見つめる。ルイスは同じ言葉を繰り返した。

「なんでもない」

「……分かりました」

なるほど、これは言うつもりがないなと理解した。

とても気になるところだが、まあいい。その餡を見れば分かることだろう。

それにルイスが用意してくれた食べ物が、変なものであるはずがない。

半年以上もの間、ルイスに餌づけされている私は、基本彼のことを信じきっていた。

目の前に置かれたシュークリームに齧《かじ》りつく。これでもかというほどたっぷり入っている生クリームは上品な甘さで、いくらでも食べられると断言できる美味しさだった。シュークリームの生地も少し堅めのパイ生地で、非常に私好みだ。

「甘みのバランスが絶妙。はー……本当に美味しい。ルイスのご飯を食べてる時が私は一番幸せです……」

心からそう言うと、ルイスは嬉《うれ》しげに笑った。

「それは良かった。……おっと、頬に生クリームがついているぞ」

「えっ……」

それは令嬢としてとても恥ずかしい。慌てて拭おうとしたが、ルイスが止める。

「ルイス？」

「じっとしていろ」

ルイスが手を伸ばす。指が頬を軽く掠《かす》めた。生クリームを取ってくれたのだと、数秒遅れて気がつく。

「あ……」

私が何か言う前に、ルイスは指で掬い取った生クリームを口に含んだ。そうして頷く。

「うん。なかなか上手くできたな」

「……」

その仕草が妙に色っぽくてドキドキした。なんだろう。すごく恥ずかしいことをされた気がする。似たようなことは以前から何度もされていたし、なんとも思わなかったのに、突然恥ずかしく感じるようになったのは何故なのか。

いや、答えは分かっている。

ルイスが私のことを好きだなんて言ったせいだ。そのせいで私はあれから何かあるたび、無駄に意識する羽目になっている。ルイスが、男の人だということを思い知らされている。

——うう……恥ずかしい。

ルイスをお母さんだと思っていた頃は良かった。何も疑問に思わず、彼の厚意を受け取ることができたから。だけど今は違う。彼の行動には私への好意があると知ってしまった。そして知ってしまえばもう、今までと同じではいられない。

これがルイスの作戦だとしたら大したものだと思いながらも、礼を言う。

「あ、ありがとうございました」

「いや。……ん？　どうして俯《うつむ》いているんだ？」

「え、えと……別に……」

あはは、と誤魔化すように笑う。なんとなくだけど、意識していると知られたくなかった。ルイスもそれ以上は追及せず、食べ終わった皿を回収して厨房へ戻っていく。すぐに食後のお茶を用意してこちらにやってきた。

「ロティ。今日のお茶……の前に、先ほど言っていた飴だ。手を出してくれ」

「手、ですか？　わっ」

両手を出すと、その上に紫色の飴が載せられた。まん丸い飴はよく見るものより二回りは大きい。

「大きな飴ですね。紫……グレープ味、ですか？」

確かにあまり見ない大きさではあるが、この飴の何が珍しいのかさっぱり分からない。紫色の飴は透明感があり、美味しそうだった。

「グレープ……いや、味はどうだろう。食べてみないと分からない」

「分からない？　これ、ルイスが作ったものではないんですか？　あ、でもそうか。稀少な飴ですものね。作れるなら稀少でもなんでも――」

「いや、私が作ったものだ」

「？」

ルイスが作れるのに稀少？　しかも味が分からないとはどういう意味だ。疑問しかないぞと思いながら、飴を見つめる。ルイスが急《せ》かすように言った。

「まあいいから、食べてくれ。腹を壊したりはしないから」

「……いえ、ルイスの作ったものだというのなら、そのあたりの心配はしてませんけど。ただ、何が珍しいのかなと思って」

「いずれ分かる」

「……はあ」

どうやら今説明してくれる気はなさそうだ。再度促され、飴玉を口に含む。……ほのかに甘みがあるが、グレープ味とはほど遠い味だった。なんだろう。砂糖を薄めたような味？

――これが一生に一度しか食べられない飴？

特別美味しいわけでもない、単なる飴ではないかと思いながらもコロコロと口の中で転がしていると、飴はすうっと口の中に溶けていった。不自然なくらいのスピードだ。驚きつつも溶けたものを反射的に呑み込む。

「……？」

「食べたか？」

ルイスがこちらを窺《うかが》うように聞いてきた。それに頷き、小首を傾げた。

「食べましたが……今の、なんだったんですか？　口に入れたらすぐに溶けたし……味もほんのり甘いだけで特別感とかもなかったんですけど。今のが一生に一度しか食べられない飴って、本当ですか？」

「ああ、本当だ」

にこりと笑って肯定するルイスは、何故か非常に嬉しそうな顔をしていた。

まるで何かの企《たくら》みが成功したかのような表情に、ますます疑問が膨れ上がる。

「ルイス？」

「いや、嬉しいと思ってな」

「？」

なんとなく、後ろに控えるアーノルドとカーティスを見る。彼らは私の視線に気づくと、そっと目を逸《そ》らした。

「？？」

「ふたりのことは気にするな。君に言ったことは嘘《うそ》ではないし、稀少な体験をしたと思えばいい」

「まあ、そうですけど」

「あまり美味《うま》くなかったというのなら、口直しにデザートのシュークリームをもうひとつどうだ」

「え、いいんですか？」

告げられた言葉に、思いきり反応した。

夜のデザートをおかわりさせてくれることは珍しいのだ。期待を込めてルイスを見ると、彼は苦笑しながら頷いた。

「ああ。どうやら君の期待を裏切ってしまったようだからな。そのお詫《わ》びだ」

「わあ！　ありがとうございます！」

手を打って喜ぶ。そこでハッと気づき、ルイスに言った。

「ええと、その。先ほどの飴も決して不味《まず》かったとかそういうわけではないんです。父も食べたことがないようなものを食べさせていただけたのはすごく感謝しています。お礼が遅くなってしまい、申し訳ありません」

ぺこりと頭を下げる。

確かに期待とは違ったが、稀少な体験をさせてもらったことは事実なのだ。それなのに私の態度ときたら酷いものだった。お礼も言わず。さすがに人間としてどうかと思う。

自らの行いを反省して謝ると、ルイスは厨房に向かいながら言った。

「いや、構わない。あれが『美味い』という話は聞いたことがないしな。人によっては不味いと感じる者もいるらしい。私としては、食べてもらえただけで十分だ」

「そうなんですか？　ほんのり甘くて、不味いという感じはありませんでしたが」

先ほど食べた飴の味を思い出しながらも尋ねる。人の好みは十人十色とはいうけれど、あれは好き嫌いとかそういうレベルではなかったと思う。

「君にはそうだったのだろう。それじゃあ、シュークリームを取ってくる。ロティ、君は運がいいな。実は私は今、とても機嫌がいいんだ。だから、君のリクエストに応えてやろうと思う。シュークリームはいくつ食べたい？」

「えっ！　じゃあ、五つでお願いします！」

即座に答える。まさか希望を言えるとは思わなかった。

全く遠慮せず「五つ」と言い切った私を見て、ルイスが声を上げて笑う。

「了解。では、準備をしてくるから少し待っていろ。たっぷり生クリームを詰めてやるからな」

「お願いします！」

厨房に向かうルイスを熱い目で見送る。

どうしてルイスの機嫌が良かったのか。

シュークリームにすっかり意識を持っていかれていた私が気づくことはなかった。

◇◇◇

次の日の朝、いつもより少し早い時間に目覚めた私はベッドから降り、近くにあった姿見を覗き込んだ。朝はルイスが起こしに来る。せっかく早く目が覚めたのだから、彼が来る前に寝癖がないかくらいは確認したかったのだ。

「うん。いつも通り、問題なし」

私の髪はくせっ毛なので、少しの寝癖くらいなら目立たない。人に見られても恥ずかしくないことを確認し、ホッとした私は、あれ、と首を傾げた。

いつもと何かが違う。そんな風に思ったのだ。

「あれ……何か……違和感、が……え？」

もう一度鏡を覗き込む。そこには不思議そうな顔をする私が映っていた。その目の色は銀灰色……ではなく、綺麗《きれい》な紫色だった。

「は？」

パチパチと目を瞬かせる。

私の目の色は、生まれた時から銀灰色だったはずだ。髪の毛が銀色で、目の色が銀灰色。それは母から譲り受けた色で、私も気に入っていたのだが……どう見ても、鏡に映った私の目は濃い紫色をしていた。

「え、え、え、え……？」

突然の出来事に、思考が追いついてこない。何がどうなってこんなことになったのか。

意味が分からなすぎて、恐怖すら覚えた。

すっかりパニックを起こした私は、思わず大声で叫んだ。

「いやああああああ!!　何これ、何これ!!」

「ロティ！　どうした！」

私の叫び声に反応し、ルイスが部屋に駆け込んでくる。私の世話をするために、早くから起きて準備していたのだろう。すでに服も着替えていたし、髪もきちんと整えていた。

ルイスが焦った様子で私の側に駆け寄ってくる。その後ろには当然、護衛であるアーノルドとカーティスもいた。

女性が悲鳴を上げたのだ。危険があるかもしれないと、ふたりとも鋭い目つきだった。

姿見の前でへたり込む私の側にやってきたルイスが膝をつき、肩を抱き寄せてくる。

「ロティ、どうした。何かあったのか」

「ル、ルイス……」

彼に縋《すが》りつく。とにかく怖くて仕方なかった。

「わ、私……」

「不審者でも出たか？」

「ち、ちが……」

否定するように首を横に振る。それを見たアーノルドたちが、緊張を解いた。ルイスが私の背を優しく叩《たた》く。落ち着かせようとしているのだろう。

「そうか、良かった。では、怖い夢でも見たのか？」

「ち、違うんです。そうではなくて……私、私の目が……」

必死で自分に起こったことを説明する。朝起きたら目の色が変わっていたのだと訴えると、ルイスは驚くどころか、「なんだ」とにっこり笑った。

「それで叫んだのか」

「それでって……。すごく吃驚《びっくり》したんですよ、私」

なんでもないように言うルイスに少しムッとする。誰だって、目が覚めて自分の目の色が変わっていたら驚くと思うのだ。

それなのに私の恐怖を理解しないどころか、笑うなんて。悔しく思いながらルイスに文句を言うと、彼は「問題ない」と私の頭をゆっくりと撫《な》でた。

「それは、『変眼の儀』の効果だ。『変眼の儀』については、君も知っているだろう?」

「『変眼の儀』……?」

ポカンと口を開け、ルイスを見る。

彼が言う『変眼の儀』のことは、もちろんノアノルン王国の民として、ひと通りのことは知っていた。

『変眼の儀』

それは、王族特有の儀式だ。

王族に嫁ぐ時にその儀式を行うと、目の色が結婚相手と同じ色に変わるという。

とても不思議な儀式だが、皆、そういうものとして理解している。今の王妃様——ルイスの母親も元々は黒い瞳だったが、婚姻後にその夫である国王と同じ色に変化している。

ノアノルン王国の民にはあまりにも有名な儀式。それが己の身に起こったと知らされた私は、目を丸くした。

「……え?」

もう一度鏡を見る。変わってしまった紫色の瞳は、確かにルイスと同じ色をしていた。

ルイスが後ろから同じく鏡を覗き込んでくる。

「ああ、私と同じ色だな。……綺麗だ」

「や……あの……ルイス？」

「うん？」

鏡の向こうのルイスが優しく微笑《ほほえ》んでいる。ふたり並ぶと、本当に『お揃《そろ》い』という感じがした。

ルイスに嫁ぐ予定の私が、彼の目の色になった。つまりはそういうことなのだろう。

だけど。

「……ええと、その……質問しても？」

「ああ、構わない」

頷いてくれたルイスの方へと振り向く。私は真面目に彼に聞いた。

「あの、『変眼の儀』が行われたということは理解しました。王族に嫁いだ時に行われる儀式のことですよね」

「ああ」

「私……その儀式をした覚えがまっっっっったくないんですけど!?」

つまりはそういうことだ。

結婚する時に『変眼の儀』を受けなければならないのは分かっている。だけどそれをした覚えがないのに目の色が変わるとか、おかしくはないだろうか。

だがルイスは全く動じない。ニコニコしたまま私に言った。

「昨日、君は紫色の飴を食べただろう」

「え、あの飴がそうだったんですか？」

ほのかに甘みのある紫色の飴。あれのせいだと言われ、大きく目を瞠《みは》る。

「な、なんだ。それならそうと言って下されば……」

ただの珍しい飴だと思い、何も考えずに食べてしまった。気づかないうちに国の重要な儀式を終えていると分かり、頭を抱えたくなる。

「私、てっきり『変眼の儀』は結婚後か、結婚式直前にあるものと思っていました」

「確実に結婚する相手なら、先に行っても問題ないぞ。それに、これは予行演習みたいなものだからな？」

「予行演習、ですか？」

眉を寄せる私に、ルイスが言う。

「そうだ。確かに君に飴は食べさせたが、それで『変眼の儀』は終わりではない。もっと大事なことがある。だからまあ、今回のこれは予行演習だと思えばいい」

「もっと大事なこと？　それは？」

確かに飴を食べるだけで、儀式が終わりということはないだろう。納得した私はルイスに聞いたが、彼は私の顔をじっと見ると、笑顔で首を横に振った。

「残念だが、まだだな」

「まだ、ですか？」

「ああ、今の君にはまだ無理だ」

「？」

意味が分からない。謎かけのような言葉に混乱していると、ルイスが言った。

「気にしなくていい。それに予行演習だと言っただろう。その目の色も、一時的なものだ。午後には元の色に戻っているはず」

「戻るんですか？」

「ああ。その色は今だけだから……そうだな。戻るまで、私と結婚する時はそういう色になるんだと楽しんでくれたら嬉しい」

「はあ……」

頷きながらも、ホッとしていた。

何せいきなりだったのだ。いずれ、正式な『変眼の儀』を受けなければならないと覚悟はしているけれども、突然目の色が変われば驚きもする。

元に戻ると聞き、身体から力が抜ける。下を向き、深い息を吐いた。

「良かった……」

「ま、そういうところだな」

「え」

顔を上げる。ルイスが私の額をツンと突いた。

「予行演習をさせたのは、君の反応を見たかったからというのもある。私の色に染まった君がどういう反応をするのか。まあ、まだ早いということはよく分かったが」

「す、すみません。でも嫌とかそういうことではないんです」

慌てて言い訳をした。

「ただ、いきなりすぎて吃驚して……」

「分かっている。私も何も言わず、悪かった」

「いいえ……。そりゃあ、言って欲しかったですけど」

騙《だま》し討ちみたいな真似をしなくても、今のように説明してくれれば私は納得して飴を食べたはずだ。それだけはちょっとと思っていると、ルイスが気まずげに頬を掻《か》いた。

「……その、だな。ないとは思うが、嫌な顔をされたらどうしようかと考えてしまって」

「え？」

パチパチと目を瞬かせる。意外なことを聞いたという顔をした私にルイスは言った。

「私は君を愛しているが、君はまだそういう感情を私に抱いてはいないだろう？　『変眼の儀』と聞けば、どうしたって結婚を意識する。それで嫌な顔をされたらと思うと怖かったんだ。だから、何も言わずに実行した」

「ルイス」

「臆病だろう？　私は」

「……いえ」

「君に、結婚が嫌だと言われるのが怖いんだ。そのくせ、取りやめるという選択肢はない。黙って実行して……そうして目の色が変わった君がなんと言うのか窺っていた」

「私……ルイスと結婚することに納得していますよ？」

「分かっている。だが、許してくれないか。好きな人を前にすると人は臆病になるものだからな」

好きな人、と柔らかい声音で言われ、顔が熱くなった。それを誤魔化すように言う。

「わ、私、ルイスに胃袋を摑まれていますから。だから、絶対に嫌なんて言いません。さっきも言いましたけど、今のこれだっていきなりだったから驚いただけで、嫌だと思ったわけじゃないんです。だから、誤解しないで下さい！」

心の内をそのまま伝える。彼の両手を己の両手で包み込んだ。

「私は、ルイスのことが好きですから！」

「それは、母としてか？」

「ぐっ……」

確認するように見つめられ、動揺する。前にルイスに好意を告げられた時、母のように思っていると答えたことを言われていると分かっていた。

「母……とはもう思っていません。多分」

「多分？　多分とはまた曖昧だな」

「仕方ないじゃないですか。で、でも、ルイスのことはちゃんと考えていますよ」

小声ではあるが、きちんと伝える。適当にしていない。真剣に考えているということは言っておきたかった。

「ほほう。では、男として好いてくれる可能性はあるのか？」

私はこんなにも真面目に答えたというのに、ルイスはどこか揶揄《からか》うような口調だ。それにムッとした。

「分かりません。でも、ルイスが私の大事な人だってことは本当ですから」

「大事な、ね。まあ、今はそれでよしとするか」

「今はって……」

妥協してやる、みたいな言い方をするルイスを見ると、彼は呆れたように私を見つめ返してきた。

「当たり前だろう。私は君をひとりの女性として愛しているのだから。そう、何度も言っているだろう?」

「う」

言葉に詰まった。

何も言い返せない私にルイスが言う。

「ところで、ロティ。いつまで私の手を握っているつもりだ? 私としては君が積極的で嬉しいが」

「えっ?」

ルイスが手に視線を移す。私もつられるように彼の視線の先を追った。確かに、彼の両手を包むように握りしめている。

——うわあああああ! すっかり忘れてた!

「ひゃっ! も、申し訳ありません!」

慌ててルイスから手を離した。いくら誤解されたくなかったとはいえ、己の大胆すぎる行動に眩暈《めまい》がしそうだ。

「ち、違うんです。こ、これにはですね、深い理由があって……」

「深い理由？　それは君が私を愛しているとかそういう話か？」

「違います！」

さらりと自分に都合の良い話に持っていこうとするルイスを睨《にら》む。

「ま、まだ、そういうのはないって言ったじゃないですか……！」

「ああ、分かっている。ちょっとした冗談だ」

「……心臓に悪いのでやめて下さい……」

ものすごく脱力した。

「――それで、話は終わりましたか？」

「えっ……」

なんだか酷く疲れたと思っていると、扉がある方から声がした。

そちらを向くと、ルイスと一緒にやってきた双子の騎士たちが、とても呆れた顔で私たちを見ている。

「あ……」

「何か事件でも起こったのかと思い、殿下と一緒に来てみれば……。僕たちがいる時にまで、ふたりの世界に入らないで下さい。目の前でイチャイチャされると、こちらが恥ずかしいです」

「イ、イチャイチャって……」

アーノルドの言葉にショックを受けていると、彼は眉を顰《ひそ》めた。

「あれがイチャイチャでなければなんなのですか」

「……」

違うと言いたかったが、ルイスの手を握りしめていた事実を思い出せば、何も言い返せない。

だが、黙り込んでしまった私とは違い、ルイスは平然としていた。

「なんだ、いたのか。お前たち」

「いたのかじゃありませんよ。出ていけと言われていないのに、勝手に退出できるわけがないでしょう」

口調がとても冷たい。

でも確かに、アーノルドたちからしてみれば、要らない心配をさせられたといったところだろう。何か事件かと駆けつけたのに、特に何もなかったという結末だったのだから。

さすがに申し訳なくなった私はアーノルドたちに謝った。

「ご、ごめんなさい」

「いえ、あなたが謝る必要はありませんよ。悪いのは、昨日の段階で何も言わなかった殿下ですから。ただまあ……僕としてもそこまで驚くとは想像していなかったので、何か事件でも起こったのかとは思いましたが」

「……すいませんでした」

やっぱり私が謝らないといけないやつだった。

瞳の色が変わるというのは大事件だと思うのだが、実はそうでもないのだろうか。

なんだか自分ひとりが騒いでいたみたいで恥ずかしくなってきた。

――でも、吃驚するよね。

頬に両手を当て、息を吐く。もう一度姿見を覗くと、見慣れない紫色の瞳をした自分が映っていた。

◇◇◇

ルイスが言っていた通り、午後には瞳の色が元に戻った。

二階の自室にある鏡で確認し、ホッとする。やはり長年慣れ親しんだ色は落ち着くなと心から思った。

だけど、と同時に思う。

――ルイスと結婚すれば、あの紫色の目のままになるってことだよね。

ルイスと同じ、紫色の瞳に。

つい先ほどまでの自身の目の色を思い出し、考えに耽《ふけ》る。

『変眼の儀』を行うのが、王族の妻になる者の義務。

『変眼の儀』は王家が始まった頃から行われている由緒ある儀式だ。

それは分かっていたし、彼と結婚することも納得していたつもりだけれど、なんというか妙に実感したのだ。

彼が私の夫に、生涯の伴侶になるということ。

それを嫌というほど意識した。いや、意識させられてしまったというのが正しい。

「ルイスの妃《きさき》、か……」

ある意味、ルイスの行動は正解だったのだ。

たとえ予行演習だとしても、結婚という現実を私に直視させることに成功したのだから。

どこかでまだ、ただずっと世話をしてもらうだけ、美味しいご飯を食べさせてもらう生活が続くだけと楽観視していた自分に気づかされた。

王族の妻になるというのは、そんな簡単な話ではないのに。

銀灰色の瞳に戻った自分を再度見つめながら、ひとり呟く。

「……ちゃんと、ルイスのことを考えなくちゃ」

本当に、真剣に。

ルイスはきちんと自分の気持ちを伝えてくれた。結婚することに変わりはなくても、彼とどうなっていくのか、どうなりたいのか、思考を放棄せず考えなくてはいけない。

それは決して無視していいことではない。ただ照れているだけでは、彼と結婚した時、その変化にきっと戸惑ってしまうから。今から向き合っていかなければならないのだ。

「難しいなあ」

ため息を吐《つ》く。

ルイスのことは好きだと思っているけど、私にはその好きがどういう種類のものか分からない。

早いうちに分かればいいなと思いながら、私は階下から私の名前を呼ぶルイスに返事をした。

第二章　私がお世話します

ルイスのことを考えようと決めてから、数日が経《た》った。

午後のお茶の時間。

残念ながら今日、ルイスはこの離宮にはいない。剣の鍛錬があるとかで、朝から出かけているのだ。

律儀な彼は、今日も私のためにお昼ご飯を用意してくれていて、先ほど私はそれを有り難くいただいたばかりだった。

今は食堂で、大皿に盛られたチョコレートを囓っている。やはりこちらもおやつにとルイスが準備してくれたもので、中に色々な味が練り込まれていて、いくつ食べても飽きない美味しさだ。

「ほんっと、よく食べるね」

次のチョコレートに手を伸ばすと、私の護衛にと残ってくれていたカーティスが声をかけてきた。

それに頷く。

「何かいけませんでした？」

「いや、駄目じゃないけどさ。さっき、殿下が作った大きなおにぎりを五つ食べていなかったかなって思ったから」

「食べましたけど」

お昼ご飯のことを言われ、否定するところがどこにもなかった私は素直に頷いた。

「とても美味しかったです」

『ツナマヨ』のおにぎりは神の食べ物だ。

最近、ルイスはおにぎりの具を毎回変えて入れてくれるのだが、その中で一番気に入っているのがツナマヨだった。

魚の解《ほぐ》し身に『マヨネーズ』というルイス特製の調味料を混ぜたものが、ツナマヨ。それをおにぎりの中に具として仕込むのだが、これが最高に美味なのだ。

初めて食べた時は、あまりの美味しさに本気で泣いた。それ以来、ルイスは必ずひとつはおにぎりの具をツナマヨにしてくれるのだ。

先ほど食べたツナマヨのおにぎりを思い出しにっこり笑うと、カーティスは呆れたように言った。

「そうじゃないんだよなあ。オレでもあんなに食べられないって話。あんたの胃袋、どうなってんの？」

「美味しいものがたくさん入るようにできてます」

「真顔で言うじゃん。ウケる」

「別にカーティス様を面白がらせようとは思っていませんけど」

「え、ガチの反応だったの？　さすが殿下が好きになる子だよねえ」

「お褒めにあずかり光栄です？」

「だからさ、なんで疑問形なの」

笑いながら言うカーティスに首を傾げてみせる。

だが実際、食べることに楽しみのほぼ全てを見出している私には、丈夫な胃袋は有り難いばかりだ。

カーティスとどうでもいい話を続けながら、チョコレートを口に放り込む。中にはイチゴのジャムが入っていて、震えるほどの美味しさだった。

「あっ……美味しい。最高。チョコが舌の上で蕩《とろ》ける。甘すぎず苦すぎず、絶妙なバランス。なんて上品なチョコなの。これならいくらでも食べられるわ」

「それが比喩じゃないところがすごいよね」

クツクツと笑うカーティスの声に、揶揄うような響きはなかった。だから真実、すごいと思っているのだろう。それが分かったから特に腹は立たなかった。

「そういえば、カーティス様。ルイスが何時頃にお帰りになるのか、分かります？」

ふと、気になったので尋ねる。いつもなら、とうに帰っている時間だと思ったのだ。その疑問はカーティスも分かったのだろう。彼も「ちょっと遅いよね」と呟いていた。

「遅くなるとは聞いてないから、そろそろ帰ってくるとは思うけど……って、あ、噂《うわさ》をすれば」

話していると、離宮の扉が開く音が聞こえた。扉は大きく重いので、開けると食堂まで音が響くのだ。

それに気づいた私はチョコレートを食べる手を止め、急いで椅子《いす》から立ち上がった。

お帰りなさいを言おう。そう思ったのだ。

カーティスも私の意図が分かったのか、食堂を出る私のあとを黙ってついてくる。玄関ホールにはルイスとアーノルドの姿があった。駆け寄ろうとして、彼の右手がおかしくなっていることに気づく。

「え……」

ルイスは、右手を三角巾で首から吊《つ》っていたのだ。その右手も包帯でグルグル巻き。怪我《けが》をしているのは明らかだった。上着は肩に引っかけているだけで袖は通していない。包帯の邪魔になるからだろう。シャツも右の袖は二の腕まで巻き上げている。怪我をしたのは、右手首から肘くらいにかけて……だろうか。

彼は私が迎えに出てきたことに気づくと、嬉しそうな顔をした。

「ロティ、迎えに出てくれたのか。遅くなって悪かったな」

「え、いや……そんなことより、ルイス……その腕はどうしたんですか……」

お帰りなさいを言うことも忘れ、痛々しい包帯について聞く。ルイスは私が見ているものに気づくと「ああ」となんでもないような声で言った。

「鍛錬中に少し捻《ひね》ってしまったんだ」

「捻ったって……腕も吊ってるし、かなりの大怪我なのでは？」

右手はしっかりと固定されている。本気で心配だったのだが、ルイスは軽く笑い飛ばした。

「これは侍医が大袈裟《おおげさ》なだけだ。そこまでしなくていいと言ったのだがな」

「……またそんなことをおっしゃって。一歩間違えれば大怪我だったと、お医者様もおっしゃっておられたではないですか」

アーノルドが眉を寄せ、言う。その声にはルイスを案じる響きがあって、ルイスが主張ほど軽い怪我ではないことが分かる。

「一歩間違えれば、だろう。私は間違えなかった。それが全てだ」

「……ですが、殿下の相手をした騎士。あの男は父の息がかかっています。きっと父の命令でわざと――」

「アーノルド、それは今、言うことか？」

強い声で窘《たしな》められ、アーノルドは口を噤《つぐ》んだ。そうして潔く頭を下げる。

「申し訳ありません」

アーノルドの謝罪を受け、ルイスは頷いた。

「ロティに要らぬ心配をさせるな。未遂に終わったものまで言う必要はない」

「……はい」

「ルイス？」

鋭い視線をアーノルドに向けるルイスに声をかける。ルイスは表情を緩めると、私に向き直った。

「ロティ、君は心配しなくていいからな。侍医の話では一週間もあれば治ると言っていた。本当に大したことはないんだ」

「……分かりました」

彼の言葉の端々から、アーノルドとの会話を追及してくれるなというのが伝わってくる。それを察して、頷いた。私が触れていい話題ではないということだろう。それが分かっていて、さすがに聞くことはできない。

――気になるけど、仕方ないよね。

気持ちを切り替える。私は敢《あ》えて別の話題を振ることにした。気になることは他にいくらでもある。

「その怪我では日常生活を送るのも難しいのではありませんか？」

ずばり尋ねる。

ルイスの利き手は右手だ。その腕を包帯でグルグル巻きにしていては生活に支障をきたすのではないかと思った。

私の言葉にルイスは図星を突かれたという顔をする。

「いや、まあ、それは――」

「その通りです。お医者様からは、一週間右手を動かすなという指示をいただいております。殿下、分かっておりますよね？　当然、シャーロット様のお世話などできませんよ？」

「ちっ」

ルイスの言葉に被《かぶ》せてきたのはアーノルドだ。ルイスが忌々しげにアーノルドを睨む。

「……お前。私の生きがいを奪う気か」

「一生やめろと言っているのではありません。一週間ほど、世話をするのをやめていただければと言っているだけです。それに、その腕では、シャーロット様のお世話を完璧にはこなせませんよ？それは殿下にとって良くない話なのでは？」

「……それは」

ピクリと眉を動かす。少し悩んだ素振りを見せたが、ルイスは仕方ないという顔をした。そうして非常に不本意そうに私に言う。

「残念ながら、アーノルドの言う通りだ。この有様では十全に君の世話をしてやれない。それどころか逆に君に不便をかけてしまうだろう。それは、私としては到底許せることではない。ロティ、悪いが一週間ほど、実家に帰ってくれるか。それまでに腕を治すから」

「え……」

——実家？　嫌だ！

自分でも吃驚したが、凄《すさ》まじいまでの拒絶感が、全身を包んでいた。

実家というのは、グウェインウッド公爵邸。つまりはつい最近も帰ったばかりの場所。

毒の後遺症の療養に少しだけ帰省していた、私が生まれ育った屋敷だ。

実家に嫌な思い出があるわけじゃない。事情が事情だし、帰れば歓迎してもらえると分かっている。だけど、嫌だと思ってしまったのだ。なんだろう。世話ができないからなんていうふざけた理由で、ルイスから離れなければならないのが、どうしても我慢ならなかった。

だから私は彼に言った。

ルイスが目を丸くして私を見る。心なしか、アーノルドやカーティスも驚いた顔をしているように見えた。

「え」

「嫌です」

「ロティ……いや、だが今言った通り、私は怪我をしていて……」

「だから私の世話ができないと言うんですよね？」

「あ、ああ」

頷くルイスを私は睨んだ。絶対に退かないという思いで口を開く。

「馬鹿にしないで下さい。私はルイスに世話をされたくて一緒にいるわけじゃありません」

「……っ！」

ルイスが息を呑む音が聞こえた。

どうして驚くのか。私は当然のことを言っただけなのだけれど。

腹立たしささえ感じながら、私はもう一度彼らに言った。

「前回、私が毒を食べてしまった時は仕方なかったと思っています。犯人を捕まえるのに、私がいてはお邪魔だって理解していましたし。でも、今回は違います。ただ、ルイスが私の世話を十分にできないってだけ。違いますか？」

「いや、違わないが……」

私の勢いにたじろぐルイスを睨みつけた。

「違わないのなら、別にいいじゃないですか。私は世話をして欲しくて、あなたの側にいるわけじゃない。……ええ、良い機会です。ルイスは怪我をしているんですから、今度は私がルイスのお世話をしてあげますよ！」

「は？」

「これから一週間は、お世話週間！　ルイス強化週間とします‼」

自棄《やけ》っぱちで叫んだ。

何を言われたのか分からないという顔で、ルイスが私を見てくる。その目を真正面から見返した。

「ロティ……何を」

「もう一度、いえ何度でも言いますよ。私がルイスの世話をすると言ったんです！　私はあなたの婚約者ですからね。それくらいの権利はあると思うんです」

断言しながら、これはもしかしなくてもとても良い案ではないかと思っていた。

何せいつもルイスに世話されっぱなしなのだ。それは彼が望んだことだから別に罪悪感を抱いているわけではないが、何かお返しができたらなと歯がゆい思いを抱えていた。それを実行できるとは！　嬉しくなった私は意気揚々と言った。

「ええ、いいです。いいですとも！　私がやりますよ。ええ、たかが一週間のことですから！　平気ですとも。完璧にルイスのお世話をこなしてみせますよ！」

口にすればするほど、素晴らしい名案のような気がしてきた。

やってやると気合いを入れる。そこにルイスが水を差すようなことを言ってきた。

「ちょ、ちょっと待ってくれ！　君に世話をしてもらうなんてとんでもない。そんなことになるくらいなら、不本意ではあるが、完治するまでの間は数名の使用人を使う。だから、気にするな。それより君のことだ。君の世話の話を――」

「そこはどうでもいいです。今、話しているのはルイスのことなんですから」

「どうでもよくない！」

「どうでもいいんですってば！　それよりルイス、使用人を使うとはどういうことですか」

ルイスの反論を封じる。私が怒っているらしいと気づいたルイスが動揺した。

「ロティ？」

「私には使用人を禁じておいて、ルイスは使う。私、とっても不公平だと思うのですけど」

「い、いやしかし、私は怪我をしていてだな……」

「だから、私が世話するって言ってるじゃないですか」

「……」

ぽかんと口を開け、私を見るルイス。

その顔が意外だと言っていたが、どうでもよかった。

だって、私はとても怒っていたのだから。

ルイスの世話を他の誰かに任せるとか、絶対に許せない。

……冷静に考えれば分かるのだ。

ルイスは普段、自分で自分のことをしたがるから使用人を置かないだけで、本来彼は、何十人という使用人たちに世話をされるべき貴い立場。怪我をして、自分の世話ができなくなった現状、彼らを頼るのは当然だと。

それは私も理解していたし、そうあるべきだと思うのだけれど……何故か、他の誰かがルイスの世話をするというのが……この離宮に私たち以外の人物が入ってくるのが理屈ではなく許せなかった。

——そんな風に考えるのはおかしいって分かってるのに。

私だって、洗濯とか最低限の世話は、通いではあるが実家のメイドに頼んでいる。アーノルドやカーティスもいるし、この離宮で生活しているのは私たちだけではない。ふたりきりというわけではないのだ。

だけど、この今の生活に、私たち以外の誰かが今更入ってくるというのがどうにも許せなかった。しかもその人たちはルイスの世話をするわけだから、ずっと彼の側にいるのだ。……それはちょっと容認できない……というかずるい。

ルイスが焦ったように私に言う。

「あーと……そうだ。私の世話をさせるのは男の使用人だ。それでも駄目か？」

「駄目ですね」

それならまあ——と納得しようとしたが、私の口から出てきた言葉は拒絶するものだった。自分でもよく分からない感情に突き動かされていて、普通ならうんと言えることが頷けない。

「ルイスは普段、私を存分に世話して楽しんでいるはずです。それなら私にもその権利があるのではありませんか？　ルイスが怪我をしたというのなら、婚約者である私がお世話するのが当然。いえ、そうあるべきです」

「ロティ」

「よって、新たな使用人を招き入れるという案は却下します。大丈夫です。一週間くらいなんとかなりますよ」

にこりと笑って胸を叩いてみせる。

私だって公爵家の令嬢なのだ。婚約者の世話くらい、その気になればできるはず。

できる。……できるといいな。

「あの……よろしいでしょうか」

私たちの話を聞いていたアーノルドが口を挟んできた。

「このままでは埒《らち》があかないようなので。……纏《まと》めますと、シャーロット様が殿下のお世話をする、ということでよろしいですか？」

「はい！」

「いいわけあるか！」

ほぼ同時に真逆の答えが私とルイスの口から出た。ルイスが何か言うより先に口を開く。

「私が！　お世話します！　これは婚約者の権利です！」

「こんな時ばかり婚約者と連呼して！　君が私のことを母親だと思っていることは分かっているんだぞ！」

睨みつけてくるルイスを同じく睨み返す。

「もうお母さんって思っていないって言ってるじゃないですか。ルイスのことは、ちゃんと男の人として見るようにしていますよ！」

「そんな簡単に認識が覆るようなら苦労しない！」

ええい、この我が儘《まま》王子め。

母とは思っていないと言っているのにルイスが信じようとしない。いや、私が悪いんだろうけど。

だが、ここで退くわけにはいかないのだ。

「もう！　じゃあ、お母さんでいいです！　お母さんの世話は私がする。これでいいですよね！」

「駄目に決まっているだろう」

「ルイス、我が儘ですよ！」

「どちらがだ！」

どちらも退く気がないので睨み合う。アーノルドが手を叩いた。

「はいはい、そこまでにして下さい。おふたりの言い分はよく分かりましたから」

「分かりましたじゃない。アーノルド、お前もロティを止めてくれ」

「アーノルド様。私、絶対に退きませんからね！」

ふんすと鼻息も荒くアピールする。アーノルドは私を見て、目を細めた。

「なるほど。……殿下、ここは潔く退いてはいかがですか？」

私の味方となる言葉を吐いたアーノルドをルイスが信じられないと凝視する。

「裏切り者！　いつからお前はロティの味方になったんだ」

「さて。僕はいつだって殿下の味方ですけど。せっかく愛しの婚約者が世話をしてくれるというんです。世話になればいいじゃないですか」

「……だが、ロティにそんなことはさせられない」

気にしてくれなくていいのに、ルイスがぼそりと呟く。

「私がロティの世話をするのはいいんだ。私がやりたくてしていることだから。だが、ロティが私を世話するのは違うだろう？　彼女は普通に生きてきた公爵令嬢だ。そんな彼女に私の世話など……」

「違いませんよ。私だって、私がしたいと思ったから手を挙げたんです」

ムッとしつつも言い返す。確かに貴族令嬢である私が使用人の真似事をするのはどうかとは思うが、相手は将来の夫なのだ。それなら別に構わないではないか。

夫の身の回りを世話するというのは、変なことではないのだから。

「嫌々というわけじゃないです。ただ、ルイスが困ってるならその世話は使用人に任せるのではなく、私がしたいって思っただけで。それってそんなにいけないことですか？」

「……」

「ルイスの世話を私以外の誰かにさせたくないだけなんです」

本心を告げる。何故か唖然《あぜん》とした顔でルイスが私を見てきた。

「ロティ」

「はい」

「君は、それがどういう意味か分かって言っているのか？」

「……意味、ですか？　いえ、別に」

尋ねられても意味なんてない。首を横に振ると、ルイスがはあっと特大のため息を吐いた。

「ルイス？」

「……分かった。君の世話になる」

「え、いいんですか？」

まさか「はい」の返事がくるとは思わず、目を瞬かせる。ルイスは渋々ではあるが頷いた。

そうしてニヤリと意味ありげに笑う。

「君が、私のことを他人の手に委ねたくないくらい想ってくれているのはよく分かった。未来の妻の願いだ。アーノルドの言う通り、確かにここは私が退くべきだろう」

「へ？」

予想もしなかったことを言われ、目を見開く。アーノルドもその通りだと言わんばかりに同意した。

「ええ、そうですね。僕らとしても、殿下とその婚約者の仲が良好なのは有り難い限りですからね。良かったですね、殿下。シャーロット様にちゃんと好かれているようではないですか。ええ、ではそういうことで」

生温かい目を向けられ、動揺した。ふたりが、まるで私がルイスのことを好きみたいに言ってくる。

――い、いや、確かにルイスのことは好きだけど……。

それは家族としてであって、まだ男性として好きという意味ではないはず……なのに、勝手に頬が熱を持つ。

――え、どういうこと。なんで私は照れているの……！

意味が分からなくて大混乱だ。自分で自分の心が分からない。

だけども、ルイスのお世話係という仕事を勝ち取れたことには非常に満足していた。

◇◇◇

「さ、やるわよ」

ルイスの世話をすることになった私は、彼を自室へと送り届けたあと、早速厨房へ向かった。

お世話といえばまずは食事である。晩ご飯の準備をせねばならないと私は張り切っていた。

ブラウスの袖を捲《まく》り上げ、調理台に置いてあったルイスのエプロンを借りることにする。服を汚さないためだ。

ルイスが調理する時、エプロンを身につけているのを思い出したからなのだが、黒いそれは彼がつけるとしっくりくるのに、私が借りると、なんだか絶妙に似合わないような気がした。

「やっぱりルイスのエプロンだからかしら。私が着ると変な感じね……」

近くにあった鏡に己の姿を映す。うーんと首を捻っているうちに、とてもしょうもないことに気づいてしまった。

「というか……私、今、ルイスが普段使っているエプロンを身につけているのよね」

それはなんだかすごくすごく恥ずかしいような気がする。

叫び出したい気持ちになるのを必死で堪《こら》え、コホンとひとつ咳《せき》払いをした。

「ま、まあいいわ。形から入るのは大事だもの」

自分に言い聞かせ、まずは食材を確認しようと、外にある食料保管庫を覗きに行く。その後ろにはいつものようにカーティスがついてきた。

軽い口調で尋ねてくる。

「……ねえ、疑問なんだけど、あんたって料理なんてできたの？　いや、めちゃくちゃよく食べるのは知ってるけどさ」

「馬鹿にしないでいただけますか。当然、できます」

カーティスの言葉に、自信満々に返す。実際、自信があった。

私の趣味を忘れてもらっては困る。

私の趣味は食べ歩き――とにかく食べることが好きなのだ。そしてもちろん、その美味しい料理がどうやってできたのかだって知りたいと思うわけで。

美味しいと思った料理は、その材料から作り方まで詳細に調べるのが、私のこだわりなのである。

残念ながら、まだ一度も実践したことはないが、知識は完璧。料理についてはかなり詳しい自信がある。

「大体の料理なら、材料も作り方も全て暗記しています。記憶している通りに作るだけなんですから、心配無用ですよ」

「……嫌な予感しかないんだけど」

「私のこの膨大な知識を活用する時がついに来たんです」

キリッと告げる。まさか本当にこんな日が来るとは思わなかったけれど、ルイスの役に立つのなら私の趣味もなかなかいい仕事をしたのではないだろうか。

「……さて、何を作ろうかしら」

やってきた食料保管庫の中に入り、何があるのかひと通り確認する。そこには野菜や肉、果物などがあった。

「右手が使えないんだから、スプーンだけで食べられるものがいいわよね……そうだ」

少し考え、羊肉の野菜煮込みを作ることにした。

羊肉を柔らかく煮込んだ、この国の庶民階級ではよく食べられている料理だ。王子相手に庶民料理を出すというのはどうかとも思ったが、食べやすさを考えれば悪くないと思う。

それにルイスが作ってくれるカレーとも微妙に似ているような気がするし。

多分、嫌な顔はしないだろう。

「ええと、材料は確か……玉葱《たまねぎ》に羊肉、ジャガイモににんじん……あ、付け合わせにキャベツも持っていこう」

記憶を掘り返しながら、材料となる食材を手に取っていく。料理好きのルイスが管理している食料保管庫だからか、何がどこにあるのかとても分かりやすかった。

何を持ち出したのかを一覧にして、あとでルイスに渡そうと決める。後ろにいたカーティスに野菜をはいと手渡した。

「持って下さい」

「えー……」

「両手いっぱいで次の食材が取れないんですよ。なんだったら、カーティス様の分も作ってあげますから」

私としては親切心のつもりだった。だが、カーティスは顔色を真っ青にし、ぶんぶんと首を横に振る。

「絶対に！　要らないから。あんたが作った料理なんて食べたら、殿下に殺される」

「ええ？　何言ってるんですか。あり得ないですよ」

笑い飛ばす。カーティスが心底嫌そうな顔をした。

「……あんた。自分がどれだけ殿下に好かれているのか、本気で理解してないわけ？　そういう鈍感さとかマジで要らないんだけど」

「鈍感とか言わないで下さい！　好意を持っていただいているのはちゃんと理解していますよ。私も、嬉しいって思ってますし」

ルイスの気持ちは私なりに受け止めているし、返したいと思っているのだ。

正直に答えるとカーティスは胡散臭《うさんくさ》いものを見るような目で私を見たあと、口を開いた。

「じゃ、まあそういうことにしておいてあげる。あ、そうだ。何があってもオレに食べさせないっていうなら、その野菜と肉、持ってあげてもいいよ」

「……徹底的に拒否るじゃないですか」

「だってオレ、殿下に睨まれたくないし。それにさ、これ、オレの勘なんだけど、あんた絶対に失敗すると思うんだよね」

「はあ？　めちゃくちゃ失礼なこと言いますね！」

私が料理をするところを見たこともないくせに、確信を抱いている様子のカーティスに腹が立つ。睨みつけたが、彼は「オレ、こういう勘は外れたことないんだよね」と言うばかりだ。

そして、そこまで言われると、こちらとしては絶対に悔しがらせたいと思うわけで。

「……分かりました。美味しく作って、『食べさせてもらえばよかった』って、後悔させてあげますから」

羊肉をカーティスに押しつけながら言う。彼は「それはない」と嫌そうに顔を顰《しか》めつつも、きちんと肉を受け取ってくれた。

◇◇◇

初めての料理はちょっと大変だったし手間取ったりもしたが、なんとか記憶通りに完成させることができた。

少なくとも見た目は完璧。町の食堂で食べた煮込み料理、そのものである。

アーノルドと一緒に食堂にやってきたルイスは、私が作った料理を見て、目を見開いた。

「知らなかった……。君は料理ができたのか」

「ええ、もちろん！　私の興味が食に全振りされているのは知っているでしょう？　それを活かしただけです。それにいつもはルイスに食べさせてもらっていますからね。たまには私も頑張らないと」

ルイスが驚いてくれたのが嬉しくて、自然とテンションが上がる。そんな彼は私に目を向け——何故か硬直した。

「……」

「？　なんですか？」

「いや、その……エプロンが……」

彼が見ていたのは、私が勝手に拝借したルイスのエプロンだった。

見られていると気づき、猛烈に恥ずかしくなってくる。

「え？　あ、あ、あの……お借りしてます。黙って使ってごめんなさい」

「い、いや、君の服が汚れても困るし、それは構わないんだが……」

コホン、と咳払いをし、ルイスが視線を逸らす。耳が赤くなっているのが見え、ますます照れくさくなった。

「あっと……え、その……」

「いや、よく似合っているなと。……可愛いな」

「ひえっ……！」

唐突に投げつけられた攻撃に、息が止まりそうになった。それでもなんとか口を開く。

「あ、ありがとうございます。自分では微妙かなと思ったのですけど」

「そんなことはない。とても似合っている」

「あ、はい」

力強く否定され、思わず頷いてしまった。

ルイスが私を凝視してくる。小さく「こういうのもある意味男の夢だな」と呟いているのが聞こえてしまった。

――男の夢って何？

よく分からないし、分かりたくない。

これ以上、この話題を続けない方が身のためだとなんとなく悟った私はエプロンを外し、自分の席に座った。ルイスも空気を読んでくれたのか、それ以上は言わず、大人しく食事をする体勢になる。

深皿からは湯気が立ち上り、美味しそうな匂いがしていた。

「これは？　初めて見るな」

興味を持ってくれたのが嬉しくて、自然と笑顔になった。

「これは羊肉の野菜煮込みです。庶民の間ではよく食べられている料理なんですよ。町の食堂なんかでは大体の店にあります」

「ほう……」

やはり王子様だからか、庶民が何を食べているかまでは知らないようだ。私の説明にルイスは何度も相槌《あいづち》を打ち、楽しそうに左手でスプーンを取った。

「使用人以外に料理を作ってもらうのは初めてだ。どんな味なのか楽しみだな」

「我ながら上手くできたと自負しています」

夕食の時間が迫っていたので味見をする暇もなかったが、見た目も匂いも完璧だ。これで不味いというのはあり得ないと思う。

自信を持って料理を勧める。

ルイスが羊肉を口に運ぶのを確認し、私もまたスープを啜《すす》った。

「っ⁉」

何が起こったのか一瞬、本気で分からなかった。

凄まじい辛さが全身を貫いていた。次に襲ってきたのは強烈な甘みだ。ドロドロとした甘みは痛いくらいで、あまりの不味さに泣きそうになる。

——何これ！

なんと表現していいのか分からない。辛みと甘みが完全に独立している。その合間に酸っぱさのようなものが混じり、混沌《こんとん》を作り出していた。見た目は完璧。なのに、今まで経験したことのないような不味さに私は戦慄した。

「う……うえええええ」

行儀が悪いのでなんとか飲み込みはしたが、後味も最悪だった。舌に青臭い酸っぱさがこびりつき、吐き気を催してくる。

「み、水……」

泣きそうになりながら水が入ったグラスを取った。一度に飲み干し、ひと息吐く。

自分で作っておいてなんだが、正直、人間が食べてよいものではなかった。

「あ、そうだ。ルイス……ルイスは……」

あまりの不味さにルイスのことをすっかり忘れていた。慌てて正面の席に座る彼を見る。

「あの……ルイス？」

彼はまるで石像か何かのように固まっていた。身動きひとつしない。いや、よく見ると微《かす》かに震えているような感じだ。

どう見ても私の料理のせいである。

「だ、大丈夫ですか？　すいません、私、失敗してしまったみたいで」

失敗という言葉で片づけてはいけない破壊力のような気もしたが、そこは無視だ。

オロオロとしつつも立ち上がり、ルイスの側に行く。ちらりと視界に入ったカーティスは「やっぱりな」という顔をしていた。

――もう！　何がやっぱりな、よ！

しかし何も言えない。事実、失敗してしまったからだ。

「ルイス、ルイス」

呼びかけても反応しないルイスの背をトントンと叩く。しばらくすると彼は我に返ったかのように目を瞬かせた。

「……ロティ？」

「申し訳ありません。私……」

「今、一瞬、花畑と『三途の川』が見えたぞ」

「花畑とさんず……ええと、なんですか？」

ルイスの言っている意味が分からない。

首を傾げていると、彼は疲れたように首を横に振った。

そうして、料理を見つめ、真顔で言う。

「……分からない。どうしてこの見た目であのような強烈な味になるんだ？　私は素朴な野菜の味が楽しめると思っていたのだが……」

「私もその予定でした。野菜の旨みを楽しんでもらおうと思って……」

実際は野菜の旨みどころか、地獄を煮詰めたような混沌を味わわせてしまった。とても申し訳ない。

だけど、どうしてこんなことになったのだろう。

私はレシピ通り、完璧に作ったはずなのに。

「……ロティ。すまないが、使った食材の種類とレシピを聞いても？」

「えっと、はい」

私も不思議だったので、料理のプロに聞いてもらえるのは有り難い。

私は使った材料とレシピを、ルイスに一から説明した。特別なことは何もしなかった。それなのに何故、こんなことになったのか、さっぱり分からない。

「……その作り方でこの味になるとは思えないのだが」

「そうなんですよね。別に塩と砂糖を間違えたりとかしてないのに……」

「妙なオリジナル要素も加えてないんだな？」

「はい。初めて作るのにアレンジするのはさすがに危険かと思って」

「その判断は正しいと思うが、それならどうしてこうなったんだ？」

「分かりません……」

話していると悲しくなってしまう。喜んでもらおうと頑張ったのに、できたものが地獄煮込みだなんて誰が想像しただろう。

しょぼんと萎《しお》れていると、ルイスが再度スプーンを手に取った。

「え」

「せっかく作ってもらったのに残すのは失礼だからな。この一杯は、きちんといただこう」

「や、やめて下さい！」

慌ててルイスを止めた。見た目こそ綺麗だが、この料理が美味しくないのは身をもって知っている。

食べ物とは思えない味。作った私ですら吐き出したいと思ったものを、ルイスに食べさせるわけにはいかないのだ。

「処分します……。ですから！」

「だが、これは君が初めて作った料理なのだろう？」

「そ、それは……」

言葉に詰まる。

「だから、せめてこの一杯くらいは最後まで食べさせてくれ」

「無理です！」

一瞬ぐらつきそうになったが、即座に却下した。

彼の気持ちは嬉しいけれど、これは人が食べていいものではない。

「ルイスの心は有り難く受け取ります。ですが、それは容認できません。ルイスがお腹を壊したらどうするんですか……！」

「だが、聞いたところ危険な食材は使われていないようだ。きちんと火も通っているし、問題は味だけだろう」

「それが問題なんですよ」

「何、食べているうちに慣れるだろう」

「やめて下さい。慣れるとか、そういうレベルではなかったと思います！」

私が必死に止めているというのに、ルイスは笑いながら玉葱をスプーンで掬った。そうして口に入れてしまう。それを絶望の気持ちで見送った。

「あ、ああ……」

ルイスがキュッとつらそうに目を瞑《つむ》る。しばらくしてゴクリと彼の喉が動き、嚥下《えんげ》したのが分かった。

「……う、うん。大丈夫だ。こういう味だと思って食べれば、食べられないことはない」

「嘘でしょう？　今、ものすごくつらそうな顔をしていましたよね？」

「気のせいだ」

「お願いですから、やせ我慢はやめて下さい！」

さあ、もう一口というルイスは額に汗をかいていた。間違いない、これは冷や汗だ。顔色も酷く悪い。

「アーノルド様、カーティス様も、見てないでルイスを止めて下さい。このままじゃ倒れてしまいます」

その倒れるような代物を作ったのが自分だというところは直視したくない現実だと思いながらも、護衛のふたりを見る。こういう時こそ出番ではないだろうか。

だが、ルイスはふたりに言った。

「ふたりとも止めるなよ。これは男として引き下がれない戦いだ」

「何と戦ってるんですか！」

ルイスの顔色がどんどん悪くなっていく。もはや土気色と言っていい色だ。どう考えても、原因は私の作った地獄煮込みでしかあり得ない。

アーノルドとカーティスは私とルイスの顔を交互に見て、ふたり同時に頷いた。

「まあ、死にはしないでしょう」

「大丈夫～。殿下、毒にはかなり慣れているから。平気、平気」

「毒なんて入ってませんけど⁉」

人の料理を毒扱いとは酷すぎる。

クワッと目を見開き、ふたりを見る。そんな私に、カーティスは「めちゃくちゃ変な顔じゃん。ウケる」と何も面白くないことを言っていた。

「カーティス様！」

「あはは、ごめんごめん。うん、だからそれくらいなら殿下にとっては、なんともないってこと。いいじゃない。食べてくれるというのなら、食べてもらえば。あんたが変なものを入れてないのは、オレも見てたから知ってるし、一生懸命作ってたのも本当なんだからさ」

「で、でも……」

ちらりとルイスを見る。彼は果敢にも三口目に挑もうとしていた。額に滲《にじ》む汗の量がえげつないことになっている。

時折、「うっ」という声が聞こえ、罪悪感が膨れ上がった。

「ル、ルイス……お願いですから」

「……ロティ。これは提案なのだが、次から料理は一緒にしないか。私はこの腕だから難しいが、君も私の言う通りに作るくらいならできるだろう？」

「やります、やりますから」

「二度と、ひとりでは作らないで欲しい。約束できるか？」

「約束します。だからもう、それくらいで……」

なんでも言うことを聞くから、果敢にスプーンを構えるのはやめて欲しい。捨てるのはもったいないし、食材たちには申し訳ないが、これ以上ルイスを苦しめたくないのだ。

オロオロしながらルイスを止めようとする私を、カーティスが笑う。

「殿下の顔色、青を通り越して紫になってるじゃん。おもしろ」

「しっ、カーティス。そこは見て見ぬ振りをするんですよ。さすがに殿下の婚約者に、『あなたの料理は毒を食べた時の反応より酷いです』とは言えないでしょう」

「……」

言ってるし。

あまりの言葉に、すん、と真顔になってしまった。

ルイスが引き攣《つ》った笑顔を向けてくる。だが、口の端が震えていて、無理をしているのが一目瞭然だった。

「大丈夫だ、ロティ。君の作ったものを残しはしない……」

「その気遣い要りませんから！」

「それに、少し慣れてきたような気がするんだ。……うぷっ」

「絶対に嘘ですよね⁉　やめましょう？」

羊肉を口にしたルイスの身体がガクガクと震えている。顔色はカーティスが言った通り青を通り越して紫だし、冷や汗は尋常ではない量だしで、見ていられない。

「もう十分です！　十分ですから！」

彼の手が皿から離れたタイミングで、皿ごと奪い取る。

ルイスが「あ」と声を上げた。

「私の夕食を奪うとは何事だ」

「こんなの夕食でもなんでもありませんよ！　……ルイス。私の料理を食べてくれようとするあなたの気持ちはとても嬉しかったです。でも、これ以上は本当に駄目です。完食して、もしあなたに何かあったら、そちらの方がつらいですから」

「……ロティ」

「こんな失敗作を食べてくれてありがとうございました」

ぺこりと頭を下げる。

失敗してしまったことは残念だったしへこんではいたが、思った以上にダメージを受けていなかった。それは多分、ルイスがなんとか食べようと頑張ってくれたからだと思う。その姿にとても勇気づけられたのだ。

むしろこの失敗を次に活かし、次こそは美味しいと思ってもらえる料理を！　と、だいぶ前向きな気持ちだった。

「次は、絶対美味しいものを作りますね！」

気合いを入れ直した私の肩を、ルイスががっしりと掴む。

「ロティ」

「え、はい。なんですか」

「先ほどの約束を覚えているか」

「約束、ですか？」

はて、約束などしただろうか。

こてりと首を傾げる。ルイスは真顔で私に言った。

「次に料理を作る時は、私と一緒だということだ！」

「ああ！　でも、感覚は掴んだような気がしますし、次はなんとかなると思いますよ。私もリベンジしたいですし、やはり次もひとりで――」

「ロティ」

「あ、はい」

最後まで言わせてもらえなかった。返事をすると、肩を掴む力が強くなる。

「約束したな？」

ルイスの顔が怖い。

威圧感が強すぎて、ひえっという声が出た。

「え、えっと」

「ロティ。約束は守るものだ。分かるな？」

再度、確認するように問われ、私は首を縦に振った。

いつも穏やかなルイスだが、今の彼には逆らいがたいものがあったのだ。

「は、はい……わ、分かりました」

返事をすると、ルイスはホッとしたように息を吐き、肩から手を離した。

肩がジンジンするのは多分気のせいではない。

ルイスが打って変わった明るい声で私に言う。

「君が分かってくれたようで良かった。それに私もただ待っているだけというのは性に合わないんだ。どうせなら一緒に料理ができた方が楽しい。君もそうは思わないか？」

「それは——確かにそうですね」

同意を求められ、納得した私は頷いた。

確かに一緒に厨房に立って、ふたりであれこれ言いながら料理をした方が楽しそうだと思ったからだ。

とはいえ、ひとりで完璧な食事を作ってルイスを驚かせたい、リベンジしたいという気持ちは相変わらずあるけれど。

まあ、それはある程度料理に慣れてからでもいいかと思う。

「じゃあ、次からは一緒に作りましょうか」

笑顔で返すと、ルイスは「絶対だぞ」としつこく念を押してきた。

◇◇◇

結局、その日の晩ご飯は、ルイスが作り置きしておいたものを食べることになった。

あまり量はなかったが、元を正せば私のせいだ。文句は言えない。

ルイスの料理は美味しいなあ、私と何が違うのかなあとしみじみと思いながら、洗い物をする。

洗い物も、最初はルイスに反対されたのだが、それはさすがに反論させてもらった。

「自分で使ったものを自分で片づけるのは当然です。それに、ルイスのその手では洗い物はできないでしょう？」と。

だが彼は痛ましげに顔を歪《ゆが》め、私に言った。

「君の綺麗な手が荒れてしまうのが嫌なんだ。……いや、でもそうか。それならアーノルドにでもやらせれば――」

「嫌ですけど」

指名されたアーノルドから、即座に否定が返ってきた。棘《とげ》しかない声で言う。

「僕は殿下の護衛騎士であって、下働きをする使用人ではないんです。おふたりがしたいというのを止めはしませんが、僕はそんな酔狂な真似《まね》、絶対に付き合いませんから」

「……そうか。残念だな。ああ、それならカーティス。お前なら」

振られたカーティスは両手で大きなバッテンを作り、拒絶した。

「嫌！　オレもパス！　だって面倒臭いんだもーん」

「……役に立たない。一体お前たちはなんのためにいるんだ」

ルイスが文句を言うと、アーノルドが即座に返した。

「なんのためですって？　僕たちは、騎士として殿下のお役に立っていると自負していますが？」

「そおそお。オレたち、殿下のなんでも屋ってわけじゃないからね？　洗い物とかお門違いにもほどがあるよ。そこんとこ、分かってくれてる？」

「……分かっている。もしかしてと思っただけだ」

「もしかしてなんて、ないんだよなあ」

カーティスの言葉に、その通りだとばかりにアーノルドが大きく頷く。ルイスは、チッと舌打ちをしていた。

――本当に仲が良いよね。

三人の遠慮のないやりとりを見ている時、しみじみと思う。だって普通なら、主君の言葉を拒否したりできないからだ。だが、ふたりは平然とルイスの命令を断り、ルイスも不機嫌そうにはするものの、断ったこと自体を咎《とが》めてはいない。

「……仕方ない。片手でも時間をかければなんとかなるか？」

「なりませんから。私がします。一週間だけなんですから、我慢して下さいよ」

自分でなんとかするという結論に達したらしいルイスを諫める。

確かに水は冷たいだろうし、好きな仕事かと聞かれれば「いいえ」と答えるが、世話をしたいと言い出したのは私なのだ。そのあたりはちゃんとさせて欲しい。

そうしてルイスをなんとか丸め込んだ私は、厨房で片づけを始めた。とはいえ、洗い物など初めてなので戸惑ってしまう。とりあえず水で流せばいいだろうと雑なことを考えていると、心配だからと厨房に残っていたルイスが言った。

「そこに洗剤と海綿がある。それを使って洗ってくれ」

「えっ……」

ルイスの視線を追うと、確かにそこには黄土色の海綿があった。

「なるほど。これを使うんですね」

「ん？　なるほどって……君はどうやって洗うつもりだったんだ」

「ええと……水で流せばいいかなと」

「それでは汚れが取れないだろう」

「それはそうなんですけど、まあやってみればなんとかなるかなと思いまして」

えへへと誤魔化すように笑うと、ルイスが厨房にあった椅子に腰かけながら、ため息を吐いた。

「……すでに先行きが不安で仕方ないんだが」

「大丈夫です。こうしてルイスに教えてもらったんですから、私にもできますよ」

安心感を与えたくて、キリッとした顔を作る。

料理が失敗したのだ。洗い物くらいは上手くやりたい。やる気に満ちた私を見たルイスは微妙な顔をしつつも、丁寧に洗い方の説明をしてくれた。初心者なので、教えてもらえるのはとても有り難い。彼の説明に従い、まずは軽く汚れを落とす。

初めてのことだからか、なんだか遊んでいる気持ちになった。

海綿を握ると、シャボン玉が飛んでいく。

「わあ……！」

「……洗剤だからな。ロティ、楽しそうなところ悪いが、洗剤を使って洗うのは下洗いを済ませてからだ。下洗いは水か湯。汚れがこびりついている場合は、洗剤を溶かした湯につけて時間を置くと汚れを落としやすい」

「え……あ、はい。分かりました」

遊ぶなと言外に言われ、慌てて海綿を置いた。水で下洗いをしていく。どの程度洗えばいいのか分からないので、わりと適当だった。

「終わりました！」

「次に洗剤をつけて洗う。最後によく水で流せば終了だ」

「はい！」

ルイスの指示に頷き、言われた通りにお皿を洗う。思った以上に時間がかかったが、なんとか全ての作業を無事終えることができた。

しかし、慣れない作業でずいぶんと緊張した。いつの間にかかいていた汗を拭っていると、椅子から立ち上がったルイスがやってきて、洗った皿の確認を始めた。

正直、褒められる予感しかなかった。だって私は完璧にやりきったのだから。

「ルイス、どうでしょう」

ふふん、と自信満々に尋ねると、彼は何故か困った顔をした。

「よく頑張ったと思う。……が、悪い。この三枚は洗い直しだ」

「えっ……」

まさかの洗い直しという言葉に驚き彼を見つめると、ルイスは皿の裏側を見せてきた。

「ここに汚れが残ってる」

「あ」

確かにルイスが指し示した場所には茶色い汚れが残っていた。他の二枚もそれぞれ汚れがあり、言い訳のしようもない。

「す、すみません。ちゃんと洗ったと思ったのですけど」

「気にするな。裏側はわりと見落としやすいんだ。初めてでこれなら十分及第点をやれる」

「はい……」

気遣ってくれているのが分かるだけにつらい。

完璧にやり終えたと自信があったから余計にショックだ。ノロノロと三枚の皿を洗い直す。今度こそ洗い残しがないようにと念入りに仕上げた。

「これで、どうでしょう」

ドキドキしつつも尋ねる。ルイスは皿を受け取ると、皿を裏返し、確認していた。そうして笑顔で頷く。

「……ああ。問題ない。ありがとう、ロティ。助かった」

「っ！　い、いえ、自分から言い出したことですから」

ありがとうという言葉にドキッとした。嬉しくなってしまった自分に気づいてしまい、呆れる。

――お皿を洗ってありがとうって言ってもらって、嬉しくなるって……子供の手伝いじゃないんだから……！

実際やっていることは子供の手伝いレベルなのだが、それでもそう思ってしまう。

厨房にあるかけ時計を見る。洗い物にずいぶんと時間をかけてしまったらしく、かなり遅くなっていた。これでは食後のお茶は難しいかもしれない。

私はしょぼんと項垂《うなだ》れながら、ルイスに言った。

「すいません。遅くなってしまって」

「いや、初めてならこんなものだ。皿洗いなんて慣れだからな。気にする必要はない」

「でも……お茶の時間が」

「別にしないといけないものでもないだろう。それよりロティ、お願いがあるのだが」

「はい、なんでしょう！　何をすればいいですか！」

お願いという言葉に反応した。私はルイスのお世話係に立候補したのだ。料理に皿洗いと、どれも上手くいかなかっただけに、次こそは成功させたいという気持ちがあった。

食い気味に返事をした私に、ルイスは驚いた顔をしたが、すぐに柔らかな笑みを浮かべ、私に言った。

「着替えを手伝って欲しい。この腕では難しくて」

帰ってきた時とは違い、肩にかけていた上着こそ脱いではいたが、彼の格好はシャツにベストというもの。手を痛めている状態で着替えを行うのは難しいだろうと判断した私は、もちろんと首を縦に振った。

「はい、お手伝いします」

慣れてしまった自分が悲しいが、ルイスには毎朝着替えを手伝ってもらっている。それを思えば、男性の着替えの介助をするくらい大したことはないだろうと思ったのだ。

ルイスと一緒に彼の部屋に行く。実は彼の部屋に入るのはこれが初めてだ。

そのことに気づき、ちょっとだけ入室する時に緊張した。

「入ってくれ」

「お、お邪魔します」

ルイスの声に従い、部屋に入る。アーノルドたちは一緒には入ってこなかった。どうしてだろうと彼らを見ると、アーノルドが笑顔で口を開く。

「殿下は着替えられるのでしょう？　さすがに外で控えていますよ。終わったら呼んで下さい」

「はい」

「扉、閉めますね」

「えっ？」

「？」

不思議そうな顔をされた。いや、未婚の男女が密室に――と思ったところで、今更かと気がついた。

一緒に暮らしているのもそうだし、彼が私の世話をしてくれる時は、普通に扉を閉めていたなと思い出したのだ。着替えとか、入浴後の髪の手入れをしている時とか。

今までもそうだったと改めて気づかされた私は、諦めの境地で口を開いた。

「……いえ、いいです」

「はあ。では、お願いしますね」

アーノルドが扉を閉める。部屋の奥にあるクローゼットの前に立ったルイスが私を呼んだ。

「ロティ、こちらへ来てくれ」

「あ、はーい」

――そうだ、着替えを手伝わなければ。

さっと気持ちを切り替えた私は、ルイスが立っているところに歩いていった。彼は片手でクローゼットを開けている。だが少し苦戦したようで、眉を下げていた。

「……片手だと思ったより開けにくいものだな」

「意外と両手を使っているものって多いんだと思います」

「確かに。ああ、そこにある服を取ってくれ」

「はい。これですか？」

ルイスに頼まれるまま、着替えを取り出した。が――それは白いナイトローブだった。

「ローブ？」

「ああ、今日はもうさっさと寝てしまおうと思ってな」

「な、なるほど。あ、でもそれならお風呂……」

言いながらしまったと思っていた。

そうだ。お風呂だ。

どうして気づかなかったのだろう。

私が使用人を使わないで欲しいと言ったせいで、ルイスはお風呂に入るのが難しくなっている。

素直に使用人を呼んでいれば、風呂の介助もしてもらえたのに。

自分も同じことで困った経験があるくせに、忘れていたなんて信じられない。

己の愚かさに恥じ入りながらも、私はルイスに謝った。

「すみません。私お風呂のこと、すっかり頭から抜け落ちていて……。今からでも使用人を……いえ、それは明日にして今日はアーノルド様に手伝ってもらえるようお願いを……」

夕食も済み、少し早いが寝る時間と言ってもいい時間帯。今から使用人を呼んでくるのは現実的ではない。かといって、王子であるルイスを風呂にも入れず寝かせることなどできないと思った私はアーノルドの名前を出したのだが、彼には嫌そうな顔をされてしまった。

「アーノルドに風呂の介助はされたくないな。あいつも嫌がると思うが」

「え、で、でも、他に方法が……いえ、そうですね。ルイスさえよければ私が介助します」

少し悩みはしたが決断した。

ルイスが今、困っているのは私のせい。それなら私がなんとかするのが当然なのだ。

だが、ルイスは意外だったのか驚いた顔をしている。

「君が？　私の風呂の介助をしてくれるのか？」

「は、はい。その、背中を流すくらいならできますので……」

前をと言われたらさすがにお断りするしかないが、後ろ側だけならなんとか……できると思う。

私の答えにルイスは目を見開き、それから嬉しそうに笑った。

「いや、片手は使えるんだ。それで十分だが……いや、そうか」

「？　なんです？」

「いや、なんでもない。それではお願いしようか。未来の妻に世話をしてもらえるのなら、それも楽しいからな」

「あ、その……はい、頑張ります……」

未来の妻という言葉に、顔が熱くなる。そんな場合ではないと分かってはいたが、やはり改めて『妻』と言われると恥ずかしいなと思うのだ。

もちろん、嫌なはずもない。

私はいそいそとお風呂の準備を始めることにした。

◇◇◇

部屋の外で待機していたアーノルドに、今から風呂の介助をすると告げ、準備をしてから浴室へ入った。

ルイスの部屋の奥にある浴室は、私のところのものより少し大きめに造られていた。彼は王族だし、身体が大きいからこれくらいは必要なのだろう。

四苦八苦しながらルイスの服を脱がせ、腰に布を巻いてもらう。私は先ほど取りに行った、メイドが風呂の介助の時に着る白いワンピースのような薄い服に着替えた。

毒の影響で身体が動かなかった時に風呂の介助を行ってくれたメイドが離宮に置いていったものである。また使うこともあるかもしれないからという話だったが、保管しておいてよかったと心から思った。

「せ、背中、洗いますね」

「ああ」

――うわ、大きな背中。

初めて見た男の人の背中にものすごく動揺した。

ドキドキしつつも浴室用の小さな椅子に座ってもらい、ルイスの背中を柔らかい布を使って擦《こす》る。

泡だらけになった布で背中を洗うと、良い匂いが浴室に広がった。

「ええと、力加減は大丈夫ですか？」

「ああ、問題ない」

肩甲骨の辺りを丁寧に洗う。

お風呂にひとりで入れるようになっていて良かった。おかげで浴室でも特に困ることなくルイスの世話ができている。ルイスの背中はとても綺麗でツルツルとしていて、見ているとなんだか抱きつきたくなってしまう。

なんというか、ムラムラするのだ。

——広い背中、素敵……はっ、駄目駄目。何を考えているの……。

裸の男性の背中に抱きつきたいなど、破廉恥すぎる。あり得ないと自らを諫め、深呼吸をした。

お湯で泡を流し、できるだけ業務的に問いかける。

「ルイス。終わりましたよ。よければ頭も洗いましょうか？」

前の方は自分で洗ってもらうにしても、洗髪は難しいかもしれない。そう思ったのだ。

案の定ルイスは、ホッとしたように頷いた。

「ああ、頼む。少し難しいかもしれないと思っていたところだったんだ」

「分かりました。ええと、洗髪料は……これですね。あ……」

「うん？　どうした？」

洗髪料を手にした私が驚いた声を出したのが気になったのだろう。ルイスが前を向いたまま聞いてきた。それに素直に答える。

「いえ、なんでもありません。というか、私と同じ洗髪料だなと思って吃驚しただけで……」

驚いたことに、ルイスの使っている洗髪料は私と同じものだったのだ。まさかそんな偶然があるとは思わなかったから吃驚した。

「そういえばそうだな。あまり意識してはいなかったが」

「そうなんですね……」

頷きながらボトルの蓋を開ける。中から香ってくるのは、当たり前だけれど、私がいつも使っているのと同じ匂い。適量取り出し、手で泡立てながら、私はひとり悶絶《もんぜつ》していた。

――洗髪料がお揃いって……なんか、すごく恥ずかしくない？

いかにも一緒に暮らしてます、という感じがする。

同居している婚約者と同じ洗髪料を使っているとか、どんなラブラブ案件だ。

――あー、もう！　気づきたくなかった。恥ずかしい！

頭を掻きむしりたくなるような衝動を堪える。後ろにいるので、ルイスに照れている顔を見られないのが不幸中の幸いだった。

内心の動揺を押し隠し、なんでもない振りをして、ルイスに言う。

「目を瞑ってて下さいね。泡が目に入っては大変ですから」

「ああ、分かった」

「かゆいところはないですか？」

洗髪料を泡立て、頭皮をマッサージするように洗う。他人の頭を洗うなんて初めての経験で緊張したが、同時にとても楽しかった。

「もう少し右側を頼む」

「右、ですか。はい分かりました」

「ああ、もう少し頭頂部の方を」

「了解です」

ルイスに言われるまま、頭皮を洗う。もこもこした泡が立ち、さわやかな花の香りが広がった。浴室を満たす香りはよく馴染《なじ》んだものでとても癒やされるが、ここは自分の浴室ではないことを忘れてはいけない。

「ロティ？」

平常心、平常心、と心の中で念じていると、ルイスが私の名前を呼んだ。

「えっと、はい、なんでしょう」

「いや、何かを気にしているように感じたから声をかけただけだ」

「……いえ」

さすがである。

私の姿が見えていなくても、ルイスは私の動揺を感じ取っていたらしい。その声が心配しているように聞こえた私は、彼に言った。

「特に問題はありませんから、気にしないで下さい。さっきも言ったでしょう？　同じ洗髪料を使っているって。同じ匂いがするなあと思っていただけですよ」

「おかしいと、そう言いたいのか？　いやまあ確かにその洗髪料は女性用だからな。実は女性用の方が髪に優しくできている場合が多いんだ。特にこの洗髪料は匂いが良くてな。気に入っている」

「あ、分かります。良い匂いですよね」

薔薇をベースにした、レモンやベルガモットが使われた洗髪料は、私も気に入って愛用している。

「はい、終わりましたよ」

お湯で泡を洗い流し、洗髪を終わらせる。

私はプロというわけではないので、上手く洗えたかは分からないが、多分、汚れは取れたと思う。

「それでは私はこれで失礼しますね。その……あとはご自身で洗っていただければ。着替えは手伝いますので、ルイスのタイミングで呼んで下さい」

「分かった。ロティ、助かった。ありがとう」

「いいえ。お役に立てて良かったです」

いつもはルイスに世話をされっぱなしなのだ。たまにはこういうのも悪くないと思う。

浴室から出て、まずは自分の身支度をする。しばらく経ってから出てきたルイスの着替えを手伝い、あとは大人しく自室へと戻った。

◇◇◇

「んっ……ふふっ、動かないで下さいって」

「すまない。だがくすぐったくて」

ルイスの世話も、数日もやってみればそれなりに慣れてくる。私は料理にお風呂、着替え、そして髪を乾かすなど、風呂を除く普段ルイスにしてもらっているお世話を頑張っていた。

とは言っても、料理はルイス監修の下でしか作らせてもらえないが。

彼の指示通りに作ると、普通のご飯が作れるのだ。これならいけると思って自分だけで作ってみた日があったのだが、結果は初日と変わらない悪魔が作ったのかと言いたくなるような毒物も顔負けの代物ができただけだった。見た目が完璧なせいで食べてみなければ分からない。

変なものは一切使っていないはずなのに、どうしてこんなことになるのか不思議で仕方なかったが、当然と言おうか、ルイスには絶対にひとりで料理を作ってはいけないと諭されてしまった。

私としても食材をこれ以上無駄にしてはいけないと分かっていたので、リベンジしたい気持ちはあったが頷いた。やはり私のスキルは、食べることに全振りされているのだ。

作る、は私の管轄外だった。きっとそういうことなのだろう。

今は簡単な魔法を使って、ドレッサーに座らせたルイスの髪を乾かしていた。ブラシで彼の艶々した髪を梳《す》く。これが意外にすごく楽しいのだ。ルイスが私の髪をよく弄《いじ》りたがるのもよく分かる。

「ルイスの髪って触り心地がいいですね。あと、真っ直ぐなのが羨ましいです。私、くせっ毛だから」

ふんわりした自分の髪は気に入ってはいるが、隣の芝生は青いとはよく言ったもので、直毛のルイスが時折羨ましく思えるのだ。少し紫がかった黒い髪色も綺麗で、触っているのが楽しくなる。

「私は君の髪を触るのが楽しいな。長い髪はアレンジのしがいがある」

「ルイスって、髪を纏めるのも上手ですよね。その技術はどこから仕入れたんですか？」

彼はよく、ピン一本で、髪をひとつに纏め上げてしまうのだ。私には絶対にできない技術に、いつも感心している。

「ルイスが髪を纏めてくれた時って、全然髪が解《ほど》けないし、すごく安定感があるんです」

「それは前世の技術だな。魔法がない世界だった分、その他の技術が発展していたんだ」

「なるほど……」

ルイスが気負うことなく前世の話を口にする。私は彼の前世話を聞くのが好きなのだ。

ドレッサーについている鏡越しに彼を見る。ルイスは気持ち良さそうに目を閉じていた。

——最初はどうなることかと思ったけど。

ルイスの世話を他の誰かがするというのが許せず、勢いだけで自分がやると言ってしまったが、少し落ち着いた今は、あの時手を挙げたのは英断だったと思っている。

人の世話をするなんて生まれて初めてで、しかも普段は世話をしてもらう立場だ。慣れないことばかりで戸惑ったが今はすっかり慣れたし、その……予想していた以上に楽しかったのだ。

困っているルイスに手を貸し、共にある生活。それはなんというか、私の中にあった母性本能を妙にくすぐった。

いつもは自分を世話してくれる存在が、今は私の助けを必要としている。

それがなんとも嬉しかった。

「普段とは逆ですよね」

「ん？」

しみじみと告げると、ルイスが目を開け、鏡越しに私を見た。

「なんの話だ？」

「お世話の話です。いつもは私がルイスに世話されていますから、こういうのも新鮮でいいなって思って。ちょっとだけルイスの気持ちが分かったような気がします」

出会った時は、人の世話をするのが好きなんてどういう趣味をしているのかと本気で疑ったが、今ならその心も少しは理解できる。

私がそう言うと、ルイスは慌てたように振り返った。

「ちょっと待ってくれ。言っておくが、これは今だけの措置だぞ？　約束通り一週間経ってこの包帯が外れたら、君が私に世話されるんだからな。分かっているな？」

「はいはい、分かっていますよ」

本気で焦っている様子のルイスが可愛い。

確かにルイスを世話するのは好きだが、これは期間限定、一週間だけと分かっているから楽しめるのだ。基本的に私は人を世話したい性分ではない。どちらかというと、面倒を見てもらう方が好きだ。それがどうして一週間だけとはいえ、ルイスの世話をする気になったのか。何度か考えてみたが、自分でもよく分からない。

一瞬、いつも面倒を見てくれる母親が怪我をして、その世話をしなければと張り切る子供の感情かとも考えたが、どうもそれはしっくりこない気がした。

だって、ルイスのことを可愛いなと思う時が結構な頻度であるのだ。母親と思っている人に対して、そんなことを思ったりはしないだろう。

私が抱いているものは、多分独占欲とかそういう言葉が近いのではないだろうか。

——まだよく分からないけど。

もやもやとしたものが胸の中にあって、だけどもそれはまだはっきりとした形になっていない。

それを気持ち悪いと思いつつも、まだこのままでいいのではないかと思う気持ちがあるのも本当だった。

「私も世話をするより、される方が好きなので。この一週間が終わったら、またルイスにお世話されますね」

笑いながらそう言うと、ルイスはホッとしたように息を吐いた。

「良かった。世話をする方がいいと言われたらどうしようかと思った」

「それはないですね。大体、少し考えれば分かるでしょう。ここのところ、碌《ろく》なご飯が食べられてないんですよ。どう見繕っても、一週間以上はもちません」

「私は君のご飯は美味しいと思うのだが、君は……我慢できないだろうな」

「ええ、その通りです」

はっきりと告げると、ルイスが苦笑する。

彼に見てもらってなんとか普通の料理は作れているが、はっきり言って、私に料理の才能はない。

決して不味くはないが……なんだろう。人生の楽しみにはなり得ない。味の感想を聞けば、十人中十人が「普通」と言う感じなのだ。

まあ、ひとりで作ると何故か「魔界と地獄の混沌が襲ってきた」と称されるレベルのエグいものに仕上がることを考えると、普通になるだけマシなのだけれども。

今のご飯をルイスは美味しいと言って食べてくれるが、私は全く満足できていなかった。

こんな普通のご飯は嫌だ。もっと美味しい、人生を彩るようなキラキラした料理が食べたいと思ってしまう。

「もう本当、ルイスの作る料理が恋しくて……私、本当にこの一週間で思い知りました。思った以上に胃袋を摑まれていたんだなって」

「はは。それは光栄だな」

「冗談ではないんですけどね。はい、終了です」

真面目に言ったのだが、冗談だと思われてしまったようだ。

髪が乾いたのを確認し、ブラシを置く。

料理以外ならルイスの世話を続けてもいいかなと一瞬思ったが、いや、やっぱり私は世話をしてもらう方が好きだなとすぐさま考え直した。

ルイスも同じ思いなのか、やけにしみじみと言う。

「君に世話をしてもらうこの一週間はなかなかに新鮮で楽しかったが、やはり早く元の関係に戻りたいな。世話はされるよりもしたい性質だ」

「私も、するよりされたい方です」

全くだと同意する。鏡越しに目が合って、ふたり同時に笑った。

ルイスが立ち上がり、振り向きながら言う。

「やはり私たちは相性が良いようだ。私は世話をしたいし、君は世話をされたい」

「正直、自分が世話をされたいタイプとか思わなかったんですけど……うーん、私の場合、これはルイス限定かもしれませんね」

「私限定？」

きょとんとした顔で聞いてくるルイスに頷く。

「はい。使用人は別として、ルイス以外にお世話されたいって思いませんから。それってルイス限定ってことですよね？　間違ってますか？」

思っていたことを告げると、彼はパチパチと目を瞬かせた。

「……いや、間違ってはいないが……でも、そうか。私、限定か」

「はい」

肯定すると、彼は途端に嬉しげな表情になった。

「……そうか、そうか！　うん！　それなら回復したら、思う存分君を世話してやろうな。そうだ。今回君は私の風呂の世話をしたのだから、私もしてもいいのでは？　うん、これを機に新しい世話も増やして――」

「だから！　お風呂はひとりで入りたいんですってば！」

何故か暴走し始めたルイスを止める。

本当に、いい加減お風呂の介助は諦めてくれないだろうか。

だが、ルイスは納得できないようで実に不満げな様子だ。

「……納得できない。君は私の肌を見たのに、私は見られないのか。それはなんだかずるくないか？　私だって君のきめ細かな肌を見たいのに」

「言い方がいやらしいです！」

「いやらしいって……仕方ないだろう。私は君が好きなんだから」

「そ、それは……！」

「当然、性的な意味で、だ。それは君も知ってくれていると思うが」

ずるい。

それを言われてしまったら、言い返せなくなる。黙り込んでしまった私にルイスが言う。

「私は、君を女性として見ているし、愛している。そう言っただろう？」

「……はい」

「それを否定しないでくれ」

「否定なんて……」

していない。ただ、恥ずかしいからあまり連呼しないで欲しいと思うだけだ。

気まずくて、思わず視線を下げる。ルイスがそんな私の頭を優しくポンと叩いた。

「分かってくれているならいい。さて、そろそろ夜も遅い。ロティ、部屋に戻れ」

「あ……」

確かに時間は遅かったが、いつもならくだらないお喋《しゃべ》りをしている時間だ。体よく追い払われたのだと気づき、何故か胸が痛くなった。

「わ、私……」

「帰らないのなら、このままこの部屋にいて、私と共に朝を迎えるか？　一応、私としては初夜まで待つつもりだが、君がそれを望むというのなら応えることに否やはないぞ」

「ひえっ！　帰りますっ！　お邪魔しました！」

とんでもないことを言われ、即座にがばりと頭を下げた。

ルイスがクックッと笑う。

「そうか、残念だ」

「……もう、揶揄うのはやめて下さいよ」

「いや、本気だったが」

「……」

それはもっと性質《たち》が悪い。

ルイスが笑みを浮かべたまま私に手を差し出してくる。

その表情はくらりとするほど色っぽく、とても魅力的だった。

紫色の美しい瞳が甘く煌《きら》めき、私を誘っている。先ほど彼が言った通り、本気の誘惑であることは明白だった。

「う」

自然と足が後ろに退ける。

嫌とかそういうわけではないが、突然の展開に心も身体もついていけないのだ。彼と暮らし始めた初日に、もしかして初夜があるかもとただドキドキしながら待っていたあの頃の自分はもういない。

だってあの時より彼のことを知ってしまった。彼が私をそういう意味で好きなのだと理解してしまった。そして私も、少しずつではあるけれど、彼への気持ちの変化を実感している。

そんな時にド直球なことを言われて、正気でいられるか？

私には無理だ。

――嫌だ、もう！

恥ずかしくて全部投げ出して逃げ出したい。

あからさまに怖《お》じ気づいた私に、ルイスが問いかけてくる。

「そういうわけで、さて、どうする？」

もちろん私は、脱兎《だっと》の如く逃げ出した。

第三章　友人ができました

怒濤《どとう》の一週間が終わり、ルイスの怪我は無事、完治した。

それに伴い、私のルイスお世話週間も終わりを迎えた。結果としてかなり楽しかったのだが、やはり私は世話をされる方が好きらしい。

ルイスもそれは同じで、ようやく料理が作れると張り切っていた。

「いや、一週間なんてあっという間と高を括《くく》っていたが、これが意外と長かった」

しみじみと告げるルイスに私も深く同意する。

「全くですね。でもルイス、本当に大丈夫なのですか？　もう少し大事を取った方がいいのでは？」

包帯を外してすぐにＯＫというわけにはいかないだろう。そう思ったのだが、ルイスは否定するように首を横に振った。

「問題ない。医者からは完治したと診断を受けている」

「……アーノルド様？」

なんとなく常にルイスの側にいる騎士の名前を呼ぶ。アーノルドは苦笑しながらも答えてくれた。

「ええ、殿下のおっしゃることは本当ですよ。僕もお側におりましたので」

「そう……ですか。それなら大丈夫ですね。良かった」

「……ロティ。どうしてわざわざアーノルドに聞く必要が？　私の言葉を信じていないのか」

むすっとするルイスが可愛い。

そんな彼に申し訳ないなと思いつつ、私は思うところを正直に告げた。

「はい。ルイスが私の世話をしたがっているということは知っていますから。そのために、嘘を吐くというのは十分あり得る話だと思っています」

「ぶっ……」

きっぱりと告げると、今度はカーティスが噴き出した。

「殿下、めちゃくちゃ疑われてるし。でも、あながち違うと言い切れないところが……ククッ」

「カーティス。笑うな」

「いや、だって面白いし」

笑い続けるカーティスをルイスが睨む。

アーノルドも何が楽しいのか、口元を押さえつつ、クスクスと笑っていた。

ルイスが気まずげに咳払いをする。

「……ま、まあ。とにかくそういうことだから、問題ない。さて、早速昼食を作るか。一週間、何もできなかったから鬱憤が溜《た》まっているんだ」

「わっ！　何を作るんですか⁉」

ルイスの言葉に飛びつく。現金なのは分かっているけれど、彼の料理を待ち焦がれていた身としてはどうしてもそうなってしまう。ルイスのためなら、また料理を頑張ってもいいとは思う。でも、できれば食べる側にいたいというのが本音なのだ。

わくわくする私に、ルイスはにっこりと笑って言った。

「『うどん』、だ」

知らない言葉に反応する。

「『ウドン』……なるほど、新作ですね！　ええと、ウドンとは中華料理ですか？　それとも日本料理？」

「日本料理の区分だな。ストレスも溜まっているし、『手打ちうどん』にして発散させようと思っている」

「『テウチウドン』？　ウドンと別物ですか？」

一体どういう料理なのか想像もつかない。首を傾げていると、ルイスが「『うどん』だ」と発音を訂正してくれる。

「手打ちというのは、そのままだな。自分でうどんを打つことをいう。意外と簡単だぞ。今から作るから、君も見に来るか？」

「是非！」

未知の料理に興味津々だった私は、大きく頷いた。

ふたり揃って厨房に向かう。アーノルドたちは一応ついてはきたが、興味はなさそうだった。

ルイスが用意したのは、薄力粉。そして水と塩だ。

「？　材料はこれだけですか？」

「ああ。よく見ておくといい」

ルイスが手際良く、材料を混ぜていく。ぐっぐっと力を込めて押し纏めていくと、白く丸い塊ができあがった。

「なんだかクッキーの生地みたいですね」

「まあ、そうだな。あとはこうやって捏《こ》ねて……私はプロの職人というわけではないから、色々ショートカットでいくぞ」

「はあ……」

元を知らないのでなんとも言えないが、どうやら本来はもっと難しい作り方をするらしい。

ルイスが板に粉を振り、その上で生地を捏ね始めた。

力を込めているので、それがストレス発散になるようだ。時折、「ふんっ」やら「はっ」やら、妙な声を上げていた。

——なんか変な感じだけど、ルイスが楽しそうだから、まあいいか。

こちらとしても興味はあるので、楽しく観察させてもらうことにする。

しばらくルイスは生地を捏ねていたが、やがて手を止め、満足げに頷いた。

「うん、まあ、これくらいでいいか。あとは少し寝かせて……その間にうどんに載せるトッピングでも作るか」

「トッピング、ですか？」

「ああ、『かき揚げ』を作ろうと思う」

「かき揚げ！」

かき揚げなら知っている。前にルイスが『天ぷら』を作ってくれたことがあるからだ。その時に食べた野菜のかき揚げはさくっとしてとても美味しかったのを覚えている。

「君はかき揚げが好きだったな。大きめに作るか」

「はい！」

かき揚げとうどんがどうなるのか皆目見当もつかないが、絶対に美味しいものができあがると確信できた。ルイスが野菜を切り、衣をつけて、油で揚げていく。

ジュワッという美味しそうな音が辺りに広がった。

「かき揚げはサクッとした揚げたてが一番だからな」

すぐに取り出す。綺麗な色の衣がついた見事なかき揚げができていた。

「美味しそう……！」

私が目を輝かせている間に、ルイスはいくつもかき揚げを作っていく。

「こちらもそろそろよさそうだな」

火を止め、寝かせておいた生地をルイスが確認する。彼は長い棒のようなものを持ち出すと、丹念に生地を伸ばし始めた。

「ルイス、それはなんですか？」

「『麺棒』だな。生地を均一にするために使う」

「へえ……」

いつの間にか生地は綺麗な四角に広がっていた。それをルイスは丁寧に折りたたみ、包丁を取り出す。

まるで千切りをするようにルイスはその生地を切っていった。

「そんなに細く切るんですか？」

「あとで茹でるからな。膨張するんだ。細目に切っておいた方がいい。……よし、これでいいだろう」

できたものを解し、粉をふるう。まるでスパゲティーのような麺ができあがった。

「わあ……」

「あとはこれを茹でて……ああ、つゆを作らないとな」

テキパキとルイスが動く。その様子はとても楽しげで、彼が心底料理を楽しんでいるのが分かる。

「ルイス、楽しそうですね」

思わずそう話しかけると、ルイスは鍋に調味料を入れながら答えてくれた。

「ああ、やはり私はこうやって料理を作っているのが性に合う。あとは、これを食べた君がどんな反応をしてくれるのか、それが楽しみでな」

「私もすごく楽しみです。もう、お腹が減って減って、さっきから大変なんですよ」

「それはこちらも作りがいがあるな。……よし、あとは茹でて盛りつければ完成だ。持っていくから、君は先に食堂で待っていてくれ」

「え、見せてくれないんですか？」

「やはり、完成品は食べる直前に見てもらいたいからな」

ここまで見学させておいて、最後までは見せてくれないのかと思ったが、ルイス的にこだわりがあるらしい。作った人がそう言うのであればと、私は頷いた。

厨房を後にし、隣の食堂へ移る。

あと少しで完成だと聞いたからだろう。アーノルドたちも一緒に移動した。

「待たせたな」

席について大人しく待っていると、しばらくしてルイスがトレーを持ってやってきた。トレーにはクローシュが被せてある。私の前に置き、クローシュを取った。ほわっと湯気が立ち上り、甘みと天ぷらの匂いが広がっていく。

「……わあああああ！　これがうどんなんですね！」

深めの器の中に、ルイスが先ほど打っていたうどんが入っている。そのつゆは透明感のある黄金色でとても美しい。大きなかき揚げがドンと載っていて、食欲を誘う。

「すごい……美味しそう……！」

食事前の挨拶を済ませ、箸を手に取る。ルイスを見ると頷いてくれたので、まずはうどんの上に載ったかき揚げを一口。さくっという音が心地よい。野菜はシャキシャキとしていて、食感がとても良かった。

「美味しい～！」

うどんのつゆとかき揚げの絶妙なバランスが最高だ。頬に手を当て、悦に入る。

これだからルイスの料理はやめられないのだ。何を食べても最高で、箸が止まらない。

「うどんの方も食べてみてくれ」

「はい」

どう食べればいいのか悩みはしたが、箸で一本うどんを摘まみ、口に運んだ。その一本が意外と長い。全部収めると口の中がいっぱいになってしまった。

弾力のある麺はパスタとは何もかもが違う。もちもちとしていて、非常に私好みの味だった。

「お、美味しい……！　何これ、これがうどん？」

散蓮華を使い、つゆも一口飲んでみる。あっさりとしているのに癖になる味わいだ。『鰹だし』の旨みが効いている。

「鰹だしですね、これ……」

だし巻き卵を作ってもらった時に、だしとはどういうものか聞いている。その時教えてもらったことを思い出して尋ねると、ルイスは頷いてくれた。

「ああ、そうだ。だしに複数の調味料を加えて作っている」

「かき揚げをつけて食べても美味しいです」

「そうだろう。うどんは色々なものに合うからな。揚げものやわかめ、牛肉の煮込み、各種天ぷらなど、どれも相性は最高だぞ」

「全部食べてみたいです……！」

どれも想像だけでよだれが出る。ルイスが作ってくれたうどんは食べやすく、あっという間に一杯食べ終わってしまった。

「ああ……もう終わり……」

つゆを最後の一滴まで飲み干し、項垂れる。

うどんはとても美味しかったが、量が少ないのがいただけない。正直全然足りなかった。

しょぼんとしていると、同じく自分の分を食べ終わったルイスが笑顔で尋ねてくる。

「もう一杯、食べるか?」

「いいんですか?」

パッと顔を上げる。ルイスはもちろんと頷いた。

「君がたくさん食べてくれる人だということは知っているからな。最初からそのつもりで作ってある」

「ありがとうございます……!」

思わず両手を天に掲げた。やったという気持ちだった。

やはりルイスはすごい人だ。こんなにも美味しい料理を作ってしまうのだから。

一週間ぶりに彼の手料理を食べたが、私はその思いを新たにした。

「うどん……美味しいです!　最高です!」

「夏には『冷やしうどん』を用意しよう。それもまた温かいものとは違って美味いぞ」

「まだ種類があるんですか!?」

冷やしうどんという新たな料理名を聞き、彼を見る。ルイスが頷いたのを見て、私は言った。

「ルイス。私、ルイスにどこまでもついていきます」

私に次から次へと食の楽しみを提供してくれるルイス。そんな彼になら一生ついていきたい。いや、駄目と言われても絶対についていくし離れない。

色々考えなければならないことが他にあるのは分かっていたが、やはり私にとって一番大事なのは『食』。

それを満たしてくれる彼とはどのみち離れられない。それを実感したひとときだった。

◇◇◇

ルイスが完全に復調し、生活も元のものへと戻った。

それと同時にほんの少しだけ、私とルイスの関係も変化したように思う。

彼の世話をしたことにより、互いの心の距離が縮まったような気がするのだ。

なんだろう。以前よりも、自然な感じで触れ合えているというか……側にいるのがしっくりくるというか……とにかく、ルイスが側にいると妙に落ち着く。あと、優しく見つめられると、ちょっとドキドキもする。それらは以前に感じていた『母のように』というのは違っていて、まだ明確ではないけれども、『母』に抱くのとは異なる感情を私にもたらしているような気がしていた。

――私、ルイスのことを好きになっていっているのかもしれない。

確信が持てているわけではないが、なんとなく、そんな気がする。その気持ちは花の種が芽吹き、育っていく様とよく似ていて、私は今自分に芽生え始めているこの感情を大切にしたいと思っていた。

ルイスの方はといえば相変わらずで、私に『好き』をたくさん贈ってくれるが、それをこちらに強制したりはしない。多分、私の変化にも気づいているし、答えを待っているのだろうなと思うけれど、そっとしておいてくれるのは有り難かった。

そんなある日の午後、私たちはテーブルを離宮の前庭に出し、外でのお茶会を楽しんでいた。

ルイスが作ってくれた今日のおやつは、謎の飲み物『タピオカドリンク』。

黒くて丸いつぶつぶが入ったそれは、ルイスの前世で何度も大ブレイクした大層人気な飲み物らしいが、何故これがそんなに流行ったのか、ひたすらに謎である。

「……とりあえず……うん、甘いですね」

基本ルイスの異世界料理はどれも美味しくて大好きなのだが、このタピオカドリンクに関しては微妙だった。いや、不味いわけではないのだけれど。

「ど、どうしてこれが人気だったのでしょう。いえ、美味しいは美味しいんですけど」

私の評価に、ルイスはやっぱりなという顔をした。

「まあ、理由は色々ある。試しにと作ってみたのだが、君には不評だったようだな」

「不評だなんて！　ただ、これでお腹いっぱいになるのって、もったいないんじゃないかなと思ってしまいまして」

私が不満に思ったのはその一点のみだ。このタピオカドリンク、とにかく中に入っているタピオカが腹に溜まる。色々なものをたくさん食べたい私には、飲み物だけでお腹が膨れてしまうのはちょっと……ということなのだ。

「君らしいな」

ルイスが笑いながら、テーブルに手をつく。彼は今日も給仕に徹していた。上着を着ないベストスタイルはもはや定番。今日は腰に黒エプロンを巻きつけていて、丈の短いそれが、よく似合っていた。

「まあ、私も作ったのは初めてだ。昔、流行っていたなと思い出してな。気が乗ったので作ってみたというわけだ」

「そうなんですね」

なるほどと頷き、タピオカドリンクを飲む。ちなみに中身はミルクティーだ。だから正確には『タピオカミルクティー』らしい。

全く日本という国は、食のワンダーランドか。見たことも聞いたこともない料理が次から次へと出てきて、飽きることがない。

「ちなみに、タピオカドリンクを飲むことを、『タピる』という」

「……タピ……なんです？」

意味不明の言葉が出てきた。

「『タピる』だ。こういう造語を作るのも日本人は上手くてな。いや、懐かしい」

「はあ……『タピる』ですか。とりあえず、ここでは使う機会はなさそうですね。……いや、ルイスにタピオカドリンクを作ってもらいたい時に言えばいいのか……。『ルイス、タピりたいので、タピオカドリンクを作って下さい』。ええと、こんな感じで大丈夫です？」

わりと真面目に言ったのに、何故か大笑いされてしまった。護衛として近くにいたアーノルドたちまで笑っている。

「も、もう……なんですか。ルイスが新しい言葉を教えてくれたから使おうと思っただけなのに、笑うなんて失礼ですよ……」

「いや、すまない。君の口から『タピる』と言われると、なんだか妙におかしくてな。いや、でも可愛かったぞ。もちろん、君の願いというのなら、何十杯でもタピオカドリンクを作ろうじゃないか」

「いくら私でも、そんなに飲めませんよ。というか、そんなに飲んだら、ルイスの作った晩ご飯が食べられなくなってしまうじゃないですか。私にはそっちの方が大問題です」

ドリンクの飲みすぎで腹が膨れて晩ご飯が食べられないなど、私のプライドが許さない。

頬を膨らましながらもそう言うと、ルイスも「そうだな」と頷いた。

「確かにタピオカドリンクでは、君の楽しみは半減してしまうか」

「そうですよ。……あ、ところで今日の晩ご飯はなんでしょう」

ふと気になり、話の続きに問いかける。

ルイスは目を見開き、アーノルドたちはまた爆笑した。

カーティスが腹を抱えて笑っている。

「だ、駄目だ……このお嬢様面白すぎる……。なんで今の話のあとに『今日の晩ご飯』が出てくるんだよ」

「カ、カーティス。し、失礼ですよ」

一応窘めてはいるが、アーノルドも笑っているので同罪である。

全く、皆失礼すぎる。

いつも通りすぎるお茶会。それを皆でわいわいと楽しんでいると、ふと馬車がやってくるのが遠目に見えた。

「？　馬車？」

馬車は離宮の前に停まる。思わずルイスを見た。

「今日って、お客様がいらっしゃるんですか？」

ルイスも困惑顔だった。

「いや……私は何も聞いていないが。アーノルド」

「僕も聞いていません。……あ、でも不味いかもしれませんね。あの馬車に掲げられている家紋はドミニオン公爵家のものですから」

「ドミニオン……。宰相の家？　まさかあの男がここに来たのか？」

「さあ……。あ、扉が開きました。誰か出てくるようですね」

なんとなく馬車に注目してしまう。

宰相、デルレイ・ドミニオン。

公爵位もいただく現宰相とは、一度だけ会ったことがある。ルイスとの婚約、そのお披露目の夜会で挨拶をしたのだが、彼は私がルイスに嫁ぐことを気に入らないようだった。彼はルイスと自分の娘を結婚させたいのだ。

その彼の家の紋を掲げた馬車がやってきた。一体何が始まるのだろうと思うのも仕方ない。

「……女性？」

馬車から降りてきたのは使用人らしき女性だった。黒いロングのワンピースを着ている。その彼女が頭を下げる。次に降りてきたのは、金髪碧眼の非常に気の強そうな美女だった。

腰まである美しい金髪を縦ロールにしている。遠目だから定かではないが、私と同い年くらいに見えた。

「……どなたでしょう」

目の覚めるような真っ赤なドレスを着た女性。胸元が開いておりとても派手だが、彼女にはよく似合っていた。挑戦的に吊り上がった赤い唇に視線が行く。こんな印象的な美女、一度見たら忘れられない。思わず見惚《みと》れていると、ルイスが吐き捨てるように言った。

「……宰相の娘だ」

「えっ……彼女が？」

宰相の娘。つまりは宰相がルイスと結婚させたいと思っている女性ということだ。その女性が何を目的にやってきたのだろうと思っていると、女性は辺りを見回し……外でお茶をしている私たちに気がついた。

――怖っ。

身体が反射的に震えた。

彼女は使用人の女性に待機指示らしきものを出すと、まるで獲物を見つけたかのような笑みを浮かべ、カツカツと勢いよくこちらへやってくる。

ヒールを履いているせいもあるのだろうが、背が高い。

すらっとしているのにスタイルが良くて、そこは同じ女性としてちょっと羨ましいなと思った。

ルイスがまるで私を庇《かば》うかのように私と彼女の間に立つ。険のある声で言った。

「……宰相の娘がなんの用だ。訪問の連絡は受けていないが」

厳しい声音にも、彼女は全く動じなかった。華やかに笑うと、優雅な仕草で頭を下げる。

「お久しぶりでございます、ルイスフィード殿下。ドミニオン公爵の娘、ベラリザでございます。本日は、急なことでご連絡もせず、失礼致しましたわ」

「なんの用だと聞いている」

「うふふっ。殿下なら、私の用件くらいお分かりになるのではありませんか？」

楽しげに笑い、彼女――ベラリザはルイスの後ろにいた私に目を向けてきた。

「初めまして。あなたが殿下の婚約者のシャーロットさんかしら。ベラリザ・ドミニオン。ドミニオン公爵の娘よ」

挑戦的な瞳に見つめられ、私は慌てて椅子から立ち上がった。呆気《あっけ》に取られていて動けなかったのだが、挨拶をされて座ったままなんてさすがに失礼だと気づいたのだ。

「は、初めまして。シャーロット・グウェインウッドと申します。グウェインウッド公爵の娘です」

同じ公爵家の娘ではあるが、私は権力に興味のない家の娘で、向こうは何代も宰相を輩出し続けた超名門の家の娘。

社交界の頂点に君臨しているであろうベラリザはキラキラと輝いていて、私は同じ公爵家の娘でもずいぶんと違うのだなあと思っていた。

——綺麗な人。

まさに蝶《ちょう》よ花よと謳《うた》われる、ご令嬢を地でいくような女性だ。

私？　私は色気より食い気なので、除外である。またそれでいいと思っているから妬む気持ちもなかった。

彼女は私を値踏みするように見つめ、頷いた。

「よろしく。私のことはベラリザと呼び捨てで呼んでくれて構わないわ。あなたも私も同じ公爵家。敬語で話す必要なんてないもの」

「え、ええ。それなら私のことはロティ、と呼んで」

厭みでも言われるのかと思ったが、彼女の口から出たのは敬語は要らないという言葉だった。

なんだか思っていたのとは違うなと首を傾げていると、ルイスが苛《いら》ついたように言う。

「それで、用件は。まさかとは思うが、ロティと別れて君と結婚しろと言うわけではあるまいな？」

「ええ、父はそれをお望みでしたけど」

あっさりと頷き、ベラリザは私を見た。

「私、殿下のこと、どうしたって恋愛対象には思えませんもの。だって、お父様から聞きましたけど、人の世話をしたいなんて言う変人でしょう？　私の好みは、グイグイと引っ張っていってくれるような、頼もしい男性。傅《かしず》かれるのは好きだけど、それが将来の夫なんて……ねえ？　ごめんだわ」

「私も君のような女は好きではない。気が合うな」

「ええ、本当に」

嫌そうに言うルイスに、ベラリザは全くだと言わんばかりに頷いた。

「それで？　そんな夫にしたくない私にわざわざ会いに来たのは何故だ」

「私は嫌ですけど、父はそうではない、ということですわ。先ほど父に厳命されましたの。これから殿下を落とすまで毎日離宮に通うように、と」

「それで、君は大人しく父親の言うことを聞いたのか」

「ええ、だって私は父には逆らえませんもの。同じ屋敷に住んでいて、父親に娘が逆らえると殿下は本気で思いますか？」

彼女の青い瞳がすっと細められる。ルイスは答えなかったが、私は分かると思っていた。

貴族の娘に基本、父親に逆らうという考えはない。何故なら、そう育てられるから。

大きくなったら父親の望む相手と結婚し、そのあとは嫁いだ夫に従う。それが貴族の娘というものなのだ。

私だってそれは同じ。たとえばだけど、父が決めたというのなら、それが三十も年の離れた男だろうと笑顔で嫁がなければならない。私の場合は運良く、相手がルイスだったけれど。

彼に決まるまではそれもあり得るだろうと覚悟していた……というか、それが当たり前だと思っていたのだ。

結婚は義務であり、私たちの意思は関係ない。娘は親の政治の道具になるのが当然で、そうなってこそ初めて育ててもらった恩を返すことができるのだ。

ベラリザも同じ流れで、ルイスを落としてこいと命じられたのだろう。そこに彼女の意思が介在しないことはよく分かる。

私が彼女の言いたいことを理解したと悟ったのか、ベラリザがにっこりと笑う。そうして勝手に近くの椅子を引き、座った。

「ロティ、あなたも座ってちょうだい。私、あなたともっとお話がしたいわ」

「え……ええ。構わないけど」

特に断る理由はなかったので頷くと、ルイスが血相を変えて叫んだ。

「ロティ！　付き合う必要はない‼」

「まあ、うるさい。殿下、女性のお茶会に口を挟まないで下さいませ。あら、お茶がないわ。この離宮に使用人はいないの？」

耳を塞ぐ真似をし、ベラリザが鬱陶しそうに秀麗な眉を寄せる。キョロキョロと辺りを見回し、使用人を探す彼女に私は言った。

「ええと、この離宮に使用人はいないの。その……全部殿下がなさるから」

「まあ！　なんてこと。使用人がいないなんて、そんな……。いえ、それは大袈裟に言っているだけよね？　あなた専用のメイドのひとりくらいは、もちろんいるのでしょう？」

「い……いないわ」

なんとなく気まずくなり、目を逸らしながら答えた。できれば、これ以上掘り下げて聞いてこないで欲しいなあと願ったが、ベラリザはそれを許さず、更に核心を突いてくる。

「いないですって？　では、あなたの世話は？　まさかひとりで、なんてことないわよね？　公爵家の令嬢がひとりで生きていけるわけがないもの」

「……いや、あのそれは……」

ルイスに世話をしてもらっているので大丈夫です、とはさすがに言えなかった。

感覚がかなり麻痺《まひ》しているなとは思っているが、人に聞かれたら不味いということくらいは分かっているのだ。

だが、私が言い淀んだことで大体のところを察したのか、彼女は両手を口に当て、「まあ！」と大仰に驚いてみせる。

「なんてこと。全て分かったわ。あの、王子のくせに人の世話が趣味とかいうふざけた男が全部行っていると、そういうことなのね？」

「……」

違うとも言い切れず、私は微かにではあるが首を縦に振った。

ベラリザがキッとルイスを睨みつける。

「殿下！」

「……なんだ」

「見損ないましたわ。自分の欲を叶《かな》えるために婚約者を利用しようだなんて！」

蔑むような目を向けられ、さすがに腹が立ったのか、ルイスが声を荒らげた。

「利用などしていない！　大体最初からそういう話で婚約をしているのだ。それにこれは私たちの問題。第三者に文句を言われる筋合いはない！」

「第三者ですって⁉　残念ながら私は無関係ではありませんわ。何故なら父はロティを蹴落として、あなたの新たな婚約者になることをお望みなのですもの」

「私は君となんて絶対に結婚しないぞ！　ロティとだって別れない！　私はロティが好きなんだからな！」

「……ルイス」

こんな時でも私への好意を一切揺らがず口にするルイスに驚くと同時に、嬉しく思った。彼は誰が相手だろうが誤魔化しなどしない人なのだ。そういうところはとても好感が持てる。

だがベラリザは懐疑的なようで、ルイスを睨みつけている。

「好き？　世話をさせてくれるから気に入っている、の間違いではありませんの？」

「違う。確かに以前は、誰でもいいから世話をさせて欲しいと思っていた。だが、今はそんなこと思っていない。ロティがいい。ロティでないと嫌なんだ」

「……ふうん、そうですの」

興味なさそうにベラリザが顎をつんと上げる。そうして「まあ、どうでもいいのですけど」とルイスとの会話をばっさり終わらせた。そうして彼のことなど忘れたかのように、私の方を向く。

「あなたの方の話も聞かなくちゃ、公平ではないわよね。ロティ、あなたはどうなの？　この方と結婚して本当に大丈夫？」

「え、ええ。その……ルイスは優しいし、ご飯も美味しいから」

「夫になる人に世話を焼かれるって嫌ではなくて？」

「あ、そういうのは全然。最初は確かに吃驚したけど、慣れてしまえばむしろ楽しいくらいだから」

「楽しい？」

「ええ。ルイスの料理は美味しいし、ルイスに髪を乾かしてもらうのも楽しいなって。世話をしてもらうってことは一緒に過ごす時間が増えるでしょう？　その分、話す機会も増えて、私はいいなって思っているわ」

ベラリザに語ったことは本心だ。

ルイスに世話をされることで、自然と彼と過ごす時間が多くなった。その時間を今の私は愛している。

「ルイスのことを色々教えてもらうのも嬉しいし、逆に私のことを知ってもらえるのも嬉しい。だから本当に無理とかしてないの」

「……あらあらあら」

何故かベラリザの顔が、面白いものを見つけた、みたいになっている。

彼女はニヤニヤと笑うと「そういうことなのね」と納得したように何度も頷いた。

そうしてじっと私を見つめ、聞いてくる。

「じゃあ――ロティも殿下のことが好きなのかしら？」

「へっ……!?」

「あら、違うの？」

「あ、いやあの……ま、まだそのあたりはよく分からないというか……あっ、でも結婚するのが嫌とかではなくて……」

変な誤解をされたくはないので、焦りつつも正直に答える。私たちの話を聞いていたルイスが口を挟んできた。

「私はロティを愛しているぞ」

「ちょっと！　黙っていて下さい。殿下には聞いておりませんわ」

ピシャッとルイスの言葉を封じるベラリザ。

彼女の話によれば、ベラリザは父である宰相の命を受けて、ルイスの結婚相手となるべくやってきたはずなのだが、とてもそういう風には見えない。

だからかどうにも彼女のことを、自分を蹴落とす相手――ライバルとは思えなかった。

複雑な気持ちで彼女を見る。私の視線に気づいたベラリザが笑顔で言った。

「私、決めたわ」

「へ、何を？」

話が突然変わり、首を傾げる。ベラリザはうふふと悪いことを思いついたような顔をしていた。

「ロティの味方になってあげるわ」

「み、味方？」

どういう意味だ。彼女がどういう意図で発言しているのか分からず戸惑っていると、ベラリザは艶《あで》やかな笑みを浮かべ、私に言った。

「私、最初は父の言う通りにしようと思ってここに来たのよ」

「え、ええ。それはそう、よね」

言う通りというのは、ルイスと結婚するべく努力する……というやつだろうか。困惑する私に、ベラリザは頷いてみせる。

「そう。父の言葉通り、殿下の婚約者になろうと思ったの。あなたを蹴落としてね。殿下のことはまっっっっっったく好きじゃないわ。でも、父には逆らえない。それはあなたも分かるわよね」

「それは……ええ」

とてもよく分かるので頷く。全く好きではないと言われたルイスを見ると、彼は「私だって、こんな女好きでもなんでもない。私はロティが好きなんだ」とブツブツ呟いていた。

「だからまあ、嫌だけどこれも貴族に生まれた者の義務だと割り切ろうと思ったのよ。でも、ねえ？」

じっと見つめられ、胸が騒いだ。宝石のような瞳がとても美しい。

「え、え？」

「あなたは良い子のようだし、殿下との婚約も嫌ではないんでしょう？　殿下もあなたがいいとおっしゃっているし」

「そ、それは……ええ」

頷くと、ベラリザは頬杖《ほおづえ》を突き、嘆息した。

「そんな、両想い確定のふたりの仲を裂くのってどうなのかしらって思うのよ。しかも私はその男を好きでもなんでもないのに！　まあ、あなたがどこの馬の骨とも知れない庶民だとかいうのならまた話は違ってくるけど。あなたは私と同じで公爵家の人間。王家と婚姻を結ぶに相応《ふさわ》しい家柄だわ」

うんうんと何度も頷きながらベラリザが語る。

「ええ、それなら素直に応援できる。だから頑張って殿下と結婚してちょうだい。父に気づかれない程度にだけど、できる協力はしてあげるから」

「い、いいの？　ベラリザはそれで……怒られたりしない？」

「父に？」

「ええ」

ベラリザが言っているのは、父親に反旗を翻すのと同じことだ。自分を今まで育ててくれた親に対して逆らうなど……私なら怖くてできない。

ベラリザも頬に手を当て、「そうねえ」と頷いた。

「気づかれれば間違いなく怒られるでしょうね。あの父のことだから手だって上げると思うわ」

「だ、だったら……！」

決してルイスを取られてもいいと思っているわけではないが、手を上げられると聞けば、さすがに黙ってはいられない。

だが、ベラリザは強かった。

「だからそうならないように父の言う通り、毎日離宮に通うことにするわ。殿下の新たな婚約者になれるよう努力する気なんて全くないけど、行かないとあの人は許さないだろうし」

「ここに、来るの？」

「ええ、それが父の望みだもの。でも、せっかくだから毎日あなたとお茶をして帰ることにするわ。ここで私が何をしているかまでは父もさすがに調べには来ないだろうし。私としても父の目の届かないところでのんびりできるから、良いこと尽くめよね」

「君にとってだけな。君は我が身可愛さで私とロティの時間を奪う気か」

我慢ならないとルイスが声を上げる。ベラリザは面倒そうに手を振った。

「協力すると言っているのですから、文句を言わないで下さい。あなただって好きでもない女に纏わりつかれたところで鬱陶しいだけでしょう？」

「虫唾《むしず》が走る」

「そういうことですわね。私も同じですの。する必要もないのに、好きでもない殿方にアピールなどしたくありませんわ。父が諦めるまでの間、ここに通わせていただければ、私はあなた方と敵対しないと誓いましょう。ロティにだって手を出す気はありませんわ。私、馬に蹴られたくはありませんので」

敵対しないと断言したベラリザをルイスが薄気味悪いものを見るような目で見る。

「……それを私に信じろと言うのか」

「信じるかどうかは殿下次第。でも悪くない話でしょう？　私がここに通っていれば、他に女を送りつけられることもとりあえずはないでしょうし――なんだったら、父が妙な動きをした時は、こちらに情報を提供しても構いませんわ」

ふふっと色気たっぷりに微笑むベラリザ。そこに、アーノルドが割って入った。

「失礼。お話の途中、申し訳ありませんが、僕からもよろしいでしょうか」

「あなた、誰かしら？　殿下の側仕えのようだけど」

「……アーノルド・ドゥランと申します。こちらは弟のカーティス」

アーノルドが名乗ると、ベラリザはすっと表情を消した。まるで虫けらを見るような目でアーノルドを見つめる。

「ああ。父の腰ぎんちゃくのドゥラン騎士団長の……。そのご子息が私になんの用かしら。お父上に今、私が話したことを言いつけるおつもり？　ええ、そうすれば間違いなく団長から父に話はいくでしょうね。あなたもきっと褒めてもらえると思いますわ」

冷徹な表情でアーノルドを見据えるベラリザ。やれるものならやってみろという顔をしていた。

その彼女はルイスに視線を移すと、がっかりしたように言った。

「残念ですわ。まさか殿下の側仕えの騎士が、ドゥラン騎士団長のご子息だったとは。これではこちらの情報は全て父にダダ漏れではないですか」

「僕たちが、父に殿下の情報を流す？　そんなことするわけない！」

ベラリザの言葉に反応したのはルイスではなくアーノルドの方だった。

「アレの言うことなど絶対に聞くものか。ベラリザ様、先ほどの発言を撤回して下さい。あれの子飼いと思われるなど虫唾が走る‼」

吐き捨てるように言ったアーノルドにカーティスも真顔で同意する。

「アーノルドの言う通り。オレらは、あいつの言うことを聞くくらいなら死んだ方がマシって思ってる。……次にあいつの子飼い扱いしたら、命はないと思った方がいいよ」

父親に対する嫌悪を隠すことなく露《あら》わにするふたりに、ベラリザは目を丸くした。ルイスが仲裁に入る。

「……知らなかったのだろうが、今のは君が悪い。アーノルドもカーティスも、父親との仲は最悪だ。ふたりから彼らの父にこちらの情報が流れることはないと保証する」

「そう……ですか」

パチパチと長い睫《まつげ》を瞬かせ、ベラリザが頷く。そうして椅子から立ち上がると、ふたりに向かって頭を下げた。

「そうとは知らず失礼致しましたわ。……まさか、あなた方も私と同じだとは思わなかったもので」

「同じ、ですか？」

素直に謝られたことで毒気を抜かれたのか、アーノルドが素の声で尋ねる。

顔を上げたベラリザは「ええ」と頷いた。

「私も、父のことが大っ嫌いですから。父の庇護《ひご》下にいるので最低限従ってはおりますが、叶うことなら今すぐにでも離れたいと思っていますの」

心底嫌そうに眉を寄せる。

「父は私のことを便利な道具だとしか思っていません。愛情なんてかけられた記憶もない。いつだって父は私のことを自分の役に立つか立たないか、それだけで測っていましたわ。そんな人を好きになれると思います？」

「……いえ。だけど貴族の家ならそれくらいは普通、なのでは？」

アーノルドの疑問に、ベラリザは嫌そうに首を振った。

「それだけなら、ね。でも違うんです。毎日のように父は毒を吐く。誰それの土地が欲しい。誰それがムカツクから失脚させてやった。あの男は使えるから、しばらくは手元に置こう。欲に満ちた汚い笑みを浮かべて人を嘲笑《あざわら》う父を、私は好きになれません。毎日思っています。朝起きたら、父が失脚して、国外にでも追放されていればいいのに、と」

「……それを望むのなら、あなたが内側から働きかければ」

アーノルドの言葉を聞いたベラリザが失笑する。

「あの父が、そんな隙を見せるわけがありません。父は証拠なんて残さない。もしかしたらどこかにあるのかもしれないけれど、その場所がどこなのか、誰も知らない。父は臆病で誰も信用しませんから。皆に嫌われている自覚はあるんですよ、あの人」

「……」

言いたいことは言い切ったとばかりに、ベラリザが椅子に腰かけ直す。

アーノルドとカーティスは複雑そうな顔をしていたし、ルイスも困惑を隠しきれていなかった。

「その……君は宰相のことが嫌いなのだな」

遠慮がちなルイスの声に、ベラリザは即座に頷いた。

「ええ！　父を好きだったことなど一度もありません。父に扶養されている手前、おおっぴらには逆らえませんが、可能なら自らの手で始末をつけてやりたいと思うくらいには憎んでいますわ」

よほど鬱憤が溜まっていたのだろう。

まさに立て板に水の話しぶりだった。

だが、その彼女の態度で、ベラリザが父である宰相を本心から嫌っていることは理解できたのか、ルイスたちの雰囲気が少し柔らかくなった気がする。

アーノルドとカーティスが、ベラリザに謝罪した。

「……すみません。あなたの事情も知らず」

「……オレも、ごめんね」

自分たちも父親を好きではないだけに、彼女の気持ちは分かるのだろう。彼らがベラリザを見る目は、同類を見るものへと変わっていた。

ベラリザが背筋を伸ばし、首を横に振る。

「いいえ。娘である以上、疑われるのは仕方ないことだと分かっております。お気になさらず。……それより殿下。これで信じていただけましたか？　私があなたの妃になどなる気がないこと。そして、父にあなたの情報を伝えるつもりがないことを」

「……分かった」

苦虫を噛み潰したような顔で、ルイスが頷く。ベラリザは「お分かりいただけて良かった」と息を吐いた。

「では、そういうことですので、早速、明日から毎日通わせていただきますね。私がいれば少なくともしばらくの間は別の女が来ることはありませんわ。……ねえ、殿下、次に来る女が、私のように物分かりの良い女であるとは限りませんわよ？　最悪、ロティを害してでもと考える馬鹿がそれなりにいること、あなたはご存じですわよね」

「……」

ベラリザの言葉に、ルイスは気まずげに目を逸らした。その態度で、彼女の言葉が真実であることを理解する。

——まあ、そうよね。

私としても納得だった。

幸運なことに今までそういう女性に出会ったことはないが、『いる』というのは分かるし、そういう人たちが何をやらかすかも知っているからだ。

これでも公爵家の娘。貴族の汚い話はそれなりに知っている。

だから確かに、そんな女性にこの離宮に来られるよりは、ベラリザと毎日お茶をする方が私としては楽しいなと思ってしまう。

少し話しただけだけれども、彼女が良い人だということはなんとなく分かったからだ。

しかも、ルイスには興味がないときた。

私にとっては、とても安心できる材料だ。

――ベラリザとなら友人になれるかしら。

できればなりたいなと思う。

私が期待していることに気づいたのか、ルイスが呆れたような顔をした。

「ロティ」

「え、でも……私もベラリザの言う通りだなって思いますし。その、それに……ルイスを狙う女性が来るのは嫌だなって」

正直に告げた。ルイスが目を丸くする。

「ロティ……あ、いや……そうだな。私は君の胃袋を握っているのだものな」

「そうですよ！」

同意しつつも、心の中ではちょっと違うんだけどなと思っていた。

ルイスに胃袋を摑まれているのは本当だ。だけど、それだけではない。

なんとなくだけれど、彼が私以外の女性に目を向けるのが嫌だったのだ。

それも、彼のことを狙っている女性に！

——ルイスは私の婚約者なんだから。

今更、変にちょっかいをかけられても困るのだ。

こういうことは本当にやめて欲しいと思っていると、ルイスは仕方ないという顔でベラリザに言った。

「分かった。君の提案を受けよう。確かに私としても鬱陶しい女たちに離宮に出入りされるのはごめんだ。それに比べれば私に興味のない君の方がいくぶん……マシ、だろうしな」

「ありがとうございます。では、そういうことで」

ルイスの言葉にベラリザがにっこりと微笑む。

とても綺麗な笑みだが、それを見たルイスの態度が変わることはなかった。

何故かそのことにホッとしている自分に気づき、動揺する。それを振り払うように私は残っていたタピオカドリンクに手を伸ばした。

——の、飲み物。飲み物を飲んで、一旦、落ち着こう。

気づいてはいなかったが、話している間水分を取らなかったせいで喉がすっかりカラカラになっている。

タピオカドリンクが入った筒状のコップを掴んだ私を見たベラリザが目聡《めざと》く尋ねてきた。

「ねえ、ロティ。それは何かしら？　私、初めて見たのだけれど」

「これ？　『タピオカドリンク』っていうの」

「『たぴおかどりんく』？　なあに、それ」

目を丸くし、まじまじとカップを眺めてくる。カップは透明なので、中に黒いタピオカが入っているのが見えるのだ。

「……蛙の卵みたいなものが入っているわ」

「蛙⁉　違うわ！　これはタピオカ。ルイスが作ってくれたの」

「殿下が？」

信じられないという顔をしてベラリザがルイスを見る。そうしてワナワナと身体を震わせながらタピオカドリンクを指さした。

「殿下！　あなた、こんな気持ち悪いものを婚約者に飲ませているんですの？　信じられない……！　男の風上にも置けませんわね！」

「えっ……」

まさかそう来るとは思わず、固まった。ルイスも私と同じような顔をしている。

ベラリザは己の身体を恐怖から守るように抱きしめていた。

「気持ち悪い。薄茶色の液の中に見える黒い物体……こんなものを婚約者に与えるなんて……正気の沙汰とは思えないわ……。ロティ、大丈夫？　あなた、もしかして殿下に酷い嫌がらせを受けているのではなくて？」

心底、心配そうな顔をされてしまった。

――え、私、心配されてるの？

確かに言われてみれば、蛙の卵に見えないことはないが……それはさすがにルイスが可哀想《かわいそう》すぎる。

私は誤解を解こうとタピオカドリンクが入ったコップを掲げてみせた。

「こ、これ、ちゃんと食べ物だから。少し甘いけど変なものではないの。その……ルイスの趣味が料理で……これは新作で……」

「新作？　この気持ち悪いものが？　嘘でしょう？」

懐疑的な顔をされ、私は「あっ、これは信じてもらえないやつだ」と敏感に察した。

ルイスを見ると、彼も気づいたようで、とても面倒そうな顔をしている。

「私がロティにおかしなものを食べさせるはずがないだろう。彼女が食すものは栄養面から、全て私が管理しているんだから」

うんうん、その通りと首を縦に振ると、何故かベラリザは更に引いた顔をした。

「えっ、それはそれで気持ち悪いですわね……。殿下に管理されるとか、ロティが可哀想ですわ」

「君はいちいちうるさいな……。本人たちが納得しているのだから放っておいてくれないか」

ルイスが嫌そうに言う。申し訳ないが、その意見には全面的に賛成だ。

「えっと、私は全然気にしてない……というか、ルイスのご飯はすごく美味しいからむしろ嬉しいくらいなんだけど」

「……ロティ、あなたってとても変わっているのね」

何故か可哀想な子を見るような目で見られた。

「えっ」

「管理されて平気なんて……私にはとてもではないけれど耐えられないわ」

「君を管理できるような男などいないだろう」

ルイスからの冷静な突っ込みに、ベラリザはにっこりと笑った。

「もちろんですわ。私、縛られるのは大嫌いですから」

「先ほど、引っ張ってくれる男がタイプだとか言っていなかったか？」

「ええ。男性にはグイグイきて欲しいですけど、殿下みたいに、あからさまに囲ってくるタイプはお断りなんです。ほら、そういう殿方って……性格が悪いって言うでしょう？」

「……ほう。つまり君は私の性格が悪いと言いたいのだな？」

ピクッと眉を動かし、ルイスがベラリザを見る。対して彼女は大輪の花が咲いたように笑った。

「まあ、まさかそんな。王国の王太子殿下に対して、そのような失礼なこと思うはずがありませんわ」

「……よく言う。私などより君の方がよほどイイ性格をしているように思うがな」

「うふふ。まだ自覚のない相手に対して、すでに囲い込みを終わらせている殿下に言われたくはないですわね。……私が気づかないと思いましたか？」

——ん？

囲い込みが終わってる？　なんの話だ。

ルイスを見ると、彼は嫌そうに舌打ちをしていた。

「チッ」

「え、あの、ルイス？」

「いや、なんでもない。……ああ、そうだ。タピオカドリンクもだいぶ温《ぬる》くなってしまっただろう。普通の紅茶を淹《い》れ直してやる」

「あ、それは是非お願いします。でも、タピオカドリンクは飲み終わりましたよ？」

空っぽになったカップを見せる。

ベラリザとルイスが話しているのを肴《さかな》にして、飲み干してしまったのだ。

確かに温くなっていたし、氷が溶けて味も薄くなっていたけれど、基本私は出されたものを残したりはしない。

作ってくれた人に対して失礼だからだ。

あと、お腹が膨れるのは難点だが、タピオカも普通に美味しかった。

ルイスが飲み終わったカップを引き取り、館に戻っていく。それを見ていたベラリザが彼の背中に声をかけた。

「殿下、喉が渇きましたわ。私にもお茶をお願いしてもよろしくて？」

「……自分で淹れろ」

振り返り、にべもなく言うルイスにベラリザは笑って言った。

「まあ、殿下ってば酷いことをおっしゃるのね。まさか公爵家の令嬢が本気でお茶を淹れられるとでも？　そんな変人は殿下だけで十分だと思いません？」

分かりやすい厭みにルイスは顔を引き攣らせたが、ベラリザがお茶を淹れられるとは思わなかったのだろう。「分かった」と返事をし、離宮の中へと入っていった。

◇◇◇

「ちょっと、お茶のおかわりはまだ？　遅いわよ」

「君は私をなんだと思っているのだ！」

「離宮の使用人兼王子でしょう？　違うの？」

「兼とはなんだ、兼とは！」

「兼で十分じゃない」

こめかみを引き攣らせるルイスに、ベラリザが平然と答える。

すっかり見慣れた光景を前に、私はニコニコと笑っていた。


一週間ほど前に私たちのもとへ突撃してきたベラリザだったが、彼女はそれから本当に毎日離宮にやってきた。

とはいえ、ルイスを籠絡しようとかそういう話ではない。

彼女は自ら宣言していた通り、本当に毎日、私とお茶だけして帰っていくのだ。

「だって、殿下になんて興味ないもの」

クスクスと笑いながら、ルイスに淹れさせた紅茶を飲む。

今日も前庭でのお茶会。あまり同年代の友人が多くない私としてはベラリザと話すのは楽しく、実は彼女が訪ねてきてくれるのを毎日とても楽しみにしていた。

「全く……私は君の使用人ではないと言っているのに……！」

ムスッとしながらも、彼女の分のおやつも一緒に持ってきてくれるのだから、ルイスはとても優しい人だと思う。

「今日のおやつは『フワフワベリーのパンケーキ、たっぷり生クリーム添え』だ」

「うわあ……！　すごい……！　こんなパンケーキ見たことありません……！」

ルイスが置いてくれたパンケーキを目を輝かせて見つめる。

現れたのは、一枚の分厚さが三センチ以上もあるパンケーキだったのだ。それが三段重ねになっている。パンケーキの上にはバターと蜂蜜、そしてバニラアイスが載っており、食欲をそそる。パンケーキの周りにはたくさんのベリーとソースがかかっていて、これらを絡めて食べても美味しそうだった。

極めつきが生クリーム。これでもかというほどの量がパンケーキに添えられている。……いや、まるで生クリームがメインであるかのような存在感だ。

「夢みたい……」

こんな夢のようなパンケーキが存在するなんて知らなかった。

今日のおやつがパンケーキだということは、事前に聞いて知っていたが、まさかこんな素晴らしいものが出てこようとは。

私の知っているパンケーキというのは、薄っぺらい丸い形をしたもの。こんなに心をときめかせる分厚さなんて知らないのだ。

「……こ、これはすごいわね」

さすがのベラリザも驚いたのだろう。彼が作ったパンケーキに釘《くぎ》づけになっていた。

「美味しそう……」

ナイフとフォークを持ち、早速食べることにする。

どう食べようか迷ったが、とりあえず一番上の段のパンケーキを下ろしてきた。最初の形のまま食べれば、間違いなく崩れる。それが確信できたからだ。

「わあ……ふっわふわ……」

一口食べて、夢の世界に飛ばされたかと思った。

今まで食べたパンケーキ。あれはなんだったのだろうと言いたくなるような、新たな境地。それがルイスのパンケーキにはあった。

生地はフワフワで柔らかく、それなのにしっとりとしている。蕩けるような味わいは、天国にいるような心地を私に与えてくれた。

生クリームを掬い、一緒に食べる。更なる幸せが私を襲った。

「……美味しい」

あまりの美味しさに、噛みしめるように呟いてしまう。

次は周りに鏤《ちりば》められていたベリーと一緒に食べてみた。これも美味しい。溶けてきたバターとアイスクリーム、そして蜂蜜と、贅沢に使われた品々が、とても良い味を出していた。

「……幸せ」

あっという間に一枚食べ終わってしまった。

二段目のパンケーキを皿の上に落とす。大きくカットされたバターをパンケーキの表面に塗り、また、たっぷりの生クリームと食べた。

「はあああああああああ……」

こんな幸せがこの世に存在したのか。

表現しようのない幸福感に浸る。ふと隣を見てみれば、パンケーキを食べたベラリザが涙を流していた。

「べ、ベラリザ……?」

声をかけると、彼女はハッとしたような顔をする。

「く、悔しい……。殿下がお作りになられたものがこんなに美味しいなんて……認めたくない……でも認めざるを得ない……悔しい……！」

泣きながら、パンケーキを頬張るベラリザは本気で悔しそうだ。

悔しいなら食べなければいいようなものだが、その選択肢は彼女にないらしく、悔しい悔しいと言いつつも、パクパクとパンケーキを頬張っていた。

「お気に召していただけたかな？」

私たちの反応を見ていたルイスが、自信満々に聞いてくる。それに私は大きく頷いた。

「最高です。ルイスの作るものはいつも素晴らしいですけど私、パンケーキがこんなにも幸せを運んでくれるものだなんて知りませんでした……分厚いのに生地は柔らかいし、口に入ったら蕩けてしまう。こんなパンケーキが存在したなんて……今日はパンケーキ革命です」

私が経験した喜びを少しでも伝えなければと思い、ルイスに感想を言う。

鼻息も荒く、いかにパンケーキが美味しいかを伝えると、ルイスは嬉しそうに笑った。

「良かった。君はきっと喜んでくれると思ったんだ。……君はどうだ？　まあ、聞かなくても結果は分かっているが？」

ちょっと意地悪くルイスがベラリザに問いかける。

ベラリザは悔しそうではあったが、思ったよりも素直に頷いた。

「……ええ。悔しいけれど、とても……とても美味しかったですわ。なんなんですの？　ただの世話好きの変人王子と思っていたのに、本職の料理人も驚くような斬新なアイデアに腕前。あなた、どうして王子なんてやっていますの？」

「それは常々私も疑問に思っていることだ」

ルイスが、まさにと言わんばかりに頷いた。

ベラリザが一枚食べ終え、ため息を吐く。

「はあ……殿下がこんな特技をお持ちだなんて……。殿下でなかったら、うちの料理長に推薦するところですわ」

「宰相の屋敷のか？　それは絶対にごめんだな。それに私はロティ専属だから、どんな魅力的な条件を並べられても断るが」

「まあ、そうですわよね。でも、これをロティが独り占め……ちょっと羨ましいわ」

「あ、あげないから」

本気の声音を感じ取り、私は慌てて言った。

ルイスは私の婚約者でお世話係なのだ。胃袋までがっちり摑まれていて、今更手放せと言われたところでできるわけがない。

焦る私にベラリザが呆れたように言う。

「馬鹿ね、要らないわよ、こんな男。今の話は、あくまでも『料理人としてなら』ってこと。言ったでしょう？　私、夫になるような男に世話をされるなんて冗談じゃないの。使用人がやることをその家の主人がやるとか……正気じゃないわ」

「正気でなくて悪かったな」

ルイスが文句を言う。本気で機嫌を損ねているようだったので、口を開いた。

「わ、私は、ルイスで良かったって思っていますよ？　その……私には、ですけど、ルイス以上の方はいないと思っています」

「ロティ……」

ルイスが感激したように私を見る。私はといえば、自分の言った言葉がどれだけ恥ずかしいか気づき、羞恥で倒れそうになっていた。

――やってしまった！　私の馬鹿！

誤魔化すように最後の一枚となったパンケーキを口に運ぶ。

ルイスが嬉しげにベラリザに言った。

「今のを聞いたか」

「ええ、残念ながら聞こえておりましたわ」

「ロティは私がいいと言ったぞ」

「趣味が悪いのですね。まあ、蓼《たで》食う虫も好き好きといいますし？　いいんじゃありません？　私は絶対に嫌ですけど」

ふんっと、そっぽを向くベラリザ。最後の一枚を食べ終わった私は、名残惜しいと思いながらも彼女に聞いた。

「ベラリザ、気を悪くしないで聞いて。これ、単なる疑問なんだけど、私、決してベラリザとルイスの相性が悪いとは思わないの。話のテンポも良いし、ルイスの作ったものをベラリザは正当に評価してくれる。……もう終わった話だから言いますけど、婚約者って私ではなくてベラリザでもよかったんじゃないですか？」

最後の言葉をルイスに向けて言う。

でも、彼女と過ごすようになってからずっと思っていたのだ。

ベラリザは自分にとても正直な人だ。ルイスにも自分の言いたいことをバンバン言うし、ルイスもそんな彼女を憎くは思っていない。それは見ていれば分かる。

ルイスの作ったものを食べ、素直に美味しいと言える彼女なら……十分婚約者候補になりえたのではと思ってしまう。

だが、私の言葉を聞いたふたりは、同時にとても嫌そうな顔をした。

ルイスが顔を歪めながらベラリザを見る。

「まず、宰相の娘という時点でアウトだ。候補になりえない」

ベラリザも言った。

「夫に世話をされるなんて、絶対に無理。気持ち悪い」

「私も君を世話したいとは思えない。私は、ロティだから世話をしたいと思うんだ」

真摯に言ってくれているのは分かっているが、それにはつい、言ってしまう。

「でもそれはあとづけでしょう？　最初は誰でもいいと思っていたと、言ってらしたじゃないですか」

「うぐっ……そ、それは」

自らの発言を思い出したのか、ルイスが声を詰まらせる。

「だ、だが……今は違う。今はロティしか世話をしたくない。ロティが好きだから……だから君のことならなんでも世話をしてやりたいと思うんだ！」

「危険な発言ですわね」

必死に訴えてくるルイスに、ベラリザが冷静に断じた。

「ロティ、本当に考え直した方がいいかもしれないわ。なんでも、なんて危険よ。この男、世話と称していやらしいことをしてくるかもしれないんだから……」

「えっ……」

「ベラリザ！」

眉を寄せ、ひそひそ声で伝えてくるベラリザに戸惑っていると、ルイスが大声を上げた。

「君は！」

「あら、冗談ですわ。それとも図星を突きました？」

「……そんなわけないだろう。大体、私はロティが嫌がるようなことはしない」

「ええ、そうでしょうとも。そのあたりは信じております。だから今のはほんの冗談」

「……性質が悪い」

疲れたようにため息を吐くルイス。ベラリザは逆にとても楽しそうだ。

そうして残っていたパンケーキを綺麗に平らげると、ルイスに言った。

「ところで、離宮の使用人兼王子殿下。私、パンケーキのおかわりが欲しいのですれど、用意していただけませんこと？」

「……図々しいな」

眉を寄せるルイスに、ベラリザは艶やかに笑った。

「客に礼を尽くすのは当然ではありませんか？　それにあなたに対して猫を被る必要はないと思っておりますので。……ロティ、あなたは？　あなたもおかわりを頼む？」

「え、ええ！」

話を振られ、急いで頷いた。

パンケーキはふわふわで美味しかったが、お腹にはあまり溜まらなかったのだ。できればもう十枚くらい食べたいところ。

「わ、私も是非おかわりが欲しいです」

お皿をそっと差し出す。ルイスは私から皿を受け取ると、先ほどまでが嘘のように優しく笑った。

「愛しのロティの願いなら聞いてやらないとな。ロティ、あと何枚食べたい？」

「え、えっと……」

自分に向けられた笑みが眩《まぶ》しくてドキドキする。視線を逸らしたのを、言いづらいととったのか、ルイスが背中を押してくれた。

「何枚でも構わないぞ。材料はあるからな」

「何枚でも？」

目を合わせる。無視できない一言だった。

私の問いかけるような視線に、ルイスがしっかりと頷く。それにつられるように、私も頷いた。

「ありがとうございます。それなら十枚でお願いします」

「えっ？　じゅ、十枚？」

ギョッとした顔でベラリザが私を見てくる。

その気持ちも分からなくはなかったが、遠慮していては食べたいものも食べ損ねてしまう。それが分かっていた私は、キリッとした顔で、「何か？」とそれがまるで普通のことであるかのような顔をし、豪快に話を流した。

間章　アーノルド

「馬車までお送りします」

ベラリザという宰相の娘が殿下の住む離宮を訪れるようになって、少し、離宮の雰囲気が変わった。

これまでは殿下とシャーロット様ふたりだけの無駄に甘い閉鎖的な空間だったのが、彼女の出現により開放的なものへと変化したのだ。

正直、あのふたり……いや、殿下の鬱陶しいデロデロぶりに辟易《へきえき》していた身としては、この変化は歓迎すべきものだった。

ベラリザについても、最初は宰相の娘ということで警戒していたが、すぐにその必要はないと判断した。彼女が見せる父親への嫌悪、それが僕たちが父に向ける感情とよく似ていると気づいたからだ。

彼女は本心から父親を嫌っている。扶養されている手前、仕方なく従っている部分はあるが、逆らえるところは逆らいたいと思っているのが、彼女の表情から垣間見えた。

彼女も僕たちと同じでクズな父親に苦しめられ、解放されたいと願う同類。分かってしまえば、むしろ彼女に対しての印象は良くなった。それはカーティスも同じだ。

最初は嫌そうにしていたが、今ではベラリザに対していつもの調子で話している。時折、ふたりで互いの父についての悪口を言っていて、とても楽しそうだ。

ベラリザを馬車まで送る。数回は、使用人を連れてきていた彼女だったが、今ではひとりで来るようになった。といっても、馬車は宰相の家のもので、御者も宰相の使用人だけれども。

馬車は離宮の裏側につけるように言っているので、ベラリザと僕たちが何を話しているかまでは分からない。まさか彼女が父親の言いつけを破って、適当にシャーロット様とお茶だけして帰っているなど、彼らは思いもよらないだろう。

――まあ、ベラリザ様と殿下の相性は最悪ですからね。

一見合いそうに見えるふたりだが、実は水と油と言っていいくらいに相性が悪い。普通に見えるのは、シャーロット様がいるからだ。あの人が潤滑油となっているから、ふたりは大人しく（あれで、だ）しているのである。

シャーロット様を怖がらせたくない殿下と、口に出しこそしないが、同格の令嬢と友人になれて実は喜んでいるベラリザ。

シャーロット様がいなければベラリザはあの毒舌を更に鋭いものにするだろうし、殿下の厭みも……いや、やめよう。考えたくもない。

「あら、何を考えているのかしら」

小さく首を左右に振っていると、いつの間に隣に来たのか、後ろを歩いていたはずのベラリザが僕を見ていた。立ち止まり、否定の言葉を口にする。

「……いえ、何も」

「そう？　それならいいけど」

上品に首を傾げるベラリザは、シャーロット様と同い年だと思えないほど色気があった。シャーロット様が可愛いと称されるタイプなら、彼女は美人というのが正しい。気の強そうな（実際強いのだけれど）吊り上がった目尻が、彼女を大人っぽく見せている。

「ねえ」

「なんでしょう」

またベラリザが話しかけてきた。返事をすると、彼女はキョロキョロと辺りを見回したあと、小声で言った。

「……しばらくの間、警備に気をつけた方がいいわ。昨日、父があなたの父親を屋敷に呼び出して、何か話していたみたいだから」

「……父が、ですか？」

ベラリザの言葉を頭の中で反芻《はんすう》する。殿下たちと離宮に来てから、基本、僕たちは屋敷に帰っていない。呼び出されれば日帰りで戻りはするが、父と同じ屋敷に住みたくないということもあって、喜んでこちらに留まっていた。

そんな僕たちが父の動きを知ることなどできないわけで。

「……また、何か企んでいるのですか」

シャーロット様が毒を盛られたことを思い出し、眉を寄せる。ベラリザがじっとこちらを見ていた。

「また？　父は前にも何かしたの？」

「……ええ」

否定しようかとも思ったが、これくらいは構わないだろうと思い、頷いた。ベラリザが渋い顔をする。

「そう。私も知らないということは、広まる前に揉《も》み消したのね。でも、すでに前科があるというのなら余計よ。父は目的のためならどんな手段でも平気で取ってくるから、最大限に警戒することね」

「宰相の目的は？」

分かってはいたが、一応尋ねた。ベラリザが鼻で笑う。

「ロティを退け、私を王太子妃にすること。そうしてルイスを裏側から操ることでしょうね。いずれは国を自分の手で動かしたい。それが父の野望だもの」

「傍迷惑《はためいわく》な望みですね」

あまりにも不快な、己の分を弁《わきま》えぬ望みに吐き気がした。宰相の野望など分かっていたが、実の娘からはっきり言われると、妙に現実味がある。

「でも、父は本気よ。あなたの父親がそれに関わっているのも本当」

「……ええ、そうでしょうとも」

父は宰相の引き立てがあり、今の地位に就いた。あれは僕たちにとっては最低な父親だが、恩義には敏感だ。宰相のためならば、どんなことでもするだろう。

「分かりました。気をつけておきます。情報、ありがとうございました」

苦虫を嚙み潰したような顔になってしまったが、それでもなんとか礼を言った。

実際、情報をもらえたのは有り難いのだ。動きがあると分かっていれば、こちらも対抗策を考えることができる。

「ちなみに、何をするつもりなのか、その一端でも聞いてはいませんか？」

「無理ね。父は秘密の話をする時は、絶対に密室で行うの。たとえ娘であっても、聞かせるつもりはないのよ」

「……そうですか」

残念だが仕方ない。頷くと、ベラリザは「ところで」と言って、さっと話題を変えてきた。

「前から聞きたかったんだけど、ロティって気づいてるの？」

「え、なんの話です？」

首を傾げる。本当に意味が分からなかったのだ。

眉を寄せた僕に、ベラリザが己の目を指さしながら言う。

「ほら、ロティの目、たまに殿下と同じ色に変わっている時があるでしょう？」

「……」

ニコニコと告げられる言葉を聞き、思わず黙り込んだ。

目、と言われて彼女が何を言いたいのか理解したからだ。

僕の態度に全てを察したベラリザが頷く。

「そう。ロティは気づいていないのね」

「……一応、知ってはいますよ。殿下は誤魔化していましたけど」

「誤魔化す？　どうやって」

「予行演習みたいなものだとおっしゃっていました。儀式はまだ完了していないから、と」

「はあ？　確かに儀式はまだ完了していないけど……やり直しなんてできないのだから、予行演習なわけないでしょう。どう見たって本番じゃない」

「僕もそう思うんですけどねえ」

ベラリザの呆れを含んだ声音に、心から同意した。

だけど仕方ない気もするのだ。彼女は、知らなかったのだから。

「シャーロット様は『変眼の儀』を詳しくはご存じないようで。そこを上手く突かれて、殿下に言いくるめられていましたよ」

「確かに知っている人はほんの一握りだけど。私も宰相の娘だから知っていただけで」

「僕は長く殿下の側仕えをしていますから、自然と」

「なるほどね」

納得したという顔をするベラリザ。そうしてすぐに確認してきた。

「それならロティは、すでに自分が殿下の実質上の妃になっていることを知らないのね？」

「ええ。殿下に一生懸命外堀を埋められていることを、あの方はご存じありません」

「……可哀想に」

同情に満ちた声音に、思わず笑ってしまった。

可哀想。確かにその通りだと思ったのだ。

自分も知らない間に、すでに後戻りできないところまで来ているなんて、可哀想以外の何ものでもないだろう。

僕が笑うと、ベラリザは逆に真面目くさった顔を作った。

「最初にこの離宮に来た時に、あの子の目の色が一瞬変わったことに気づいたのよ。で、大体のところを察したの。『変眼の儀』がすでに執り行われている。ロティは殿下の妃も同然。殿下もそうしてしまうくらいにはロティにご執心の様子だし、肝心のロティも殿下を嫌がっていない。ここまで分かればさすがにね。いくら父の命令とはいえ、勝ち目のない戦いに身を投じるのはごめんだと思ったのよ。しかも、私は殿下を好きではない。更に言うなら父のことは大嫌いなの。ロティに協力するのは当然と思わない？」

「確かにその通りですね。ありがとうございます。非常によく分かりました。あなたがとても賢明な女性だということが」

「そうでしょ」

口角を上げ、魅惑的に笑うベラリザに一瞬、見惚れる。

見えないところでとはいえ、父親に逆らうというのは簡単なことではない。それが女性ならなおさらだ。それを笑顔でしてのける彼女の強さが美しいと思った。

「なあに？　見惚れた？」

悪戯《いたずら》っぽく笑う彼女に、肯定を返す。

「ええ、とても。あなたは美しい人です」

僕にとっては珍しくも心の底からの称賛だったのだが、彼女には「素直に褒められるとか気持ち悪すぎるんだけど」と嫌そうな顔をされてしまった。

第四章　デートに出かけました

「君さえよければだが、町に出かけないか？」

夜、ルイスに髪を梳かれながら聞かれた。

今日の午後、いつも通り離宮にやってきたベラリザは、申し訳なさそうに「明日は行けないの」と言ったのだ。どうしても外せない用事があるとかで、彼女の父親もそれを許したとのこと。

つまり明日は久々にルイスと一日ふたりきり（双子騎士は除く）。

それなら気分転換にどうかというルイスからの誘いだった。

「いいんですか？　行きたいです」

ルイスの誘いに、素直に答える。

何せ、町になんて長いこと行っていない。ここに越してきてから一度だけ出かけたことはあるが、あの時は怒ったルイスに連れ戻されてしまったし、それ以来ご無沙汰なのだ。

ルイスさえ許してくれるのなら、是非行きたい。

「せっかく明日は、珍しくもふたりきりになれるんだ。特別なことがしたいと思ってな」

「特別、ですか？」

「特別だろう？　デートなんだから」

「デ、デートですか……うわっ、うわ……」

言われた言葉に思いきり照れた。

確かに私とルイスは婚約者で、その関係のふたりが一緒に出かけるのならデートという認識で間違っていない。いないのだが、はっきり言葉にされると妙に気恥ずかしく感じるのだ。

真っ赤になって俯くと、鏡越しにその様子を見ていたルイスが上機嫌で言った。

「よし、それでは明日の午後はデートに出かけよう。……楽しみだな」

「はい」

そんなわけで、お供付きではあるが、ルイスとの初デートとなったのである。

◇◇◇

デートと言われてしまえば、こちらもそれなりに気合いが入る。

当日の朝、私は衣装部屋を覗き込み、腕を組んだ。

「どの服を着よう……」

それが問題だった。

何せ私は基本、食以外に興味がない女だ。着る服なんてどうでもいい。これをどうぞと持ってきてもらえれば、よく考えずに素直に腕を通すくらいには、興味の範疇《はんちゅう》外なのである。

今だってそれは同じ。毎朝ルイスが持ってきてくれるドレスをそのまま着ているだけ。普段ならそれでいいのだろうが（本当はよくない）今日だけは駄目だと思った。

「だって……デートなんだもの」

そういうことである。

ルイスはデートをしようと誘ってくれたのだ。それならこちらも相応の準備をしなければならないのである。

具体的にはルイスの手を借りずに準備をしたい。だが、最近めっきり衣装部屋を覗くことがなくなってしまった私には、何がどこにあるのかすら分からなかった。

「……いつの間にか、衣装部屋が整理されている？」

自信はないが、私がここに引っ越してきた当初に片づけたのとは物の配置が色々と違っている気がする。記憶よりもすっきり整えられた部屋に驚きつつも、何を着ればいいものか真面目に悩んだ。

デートなのだ。せっかくなら可愛い格好がしたい。

とはいえ、いつも通りルイスに選んでもらうのだけは駄目だ。だから私は今ここにいるのである。

「……可愛い服、可愛い服……」

どの服も気に入ってはいるが、勝負服というには一歩足りない。町へ行くのだから盛装用のドレスなどもってのほかだし、町歩き用の服は普段着すぎて、選択肢にも入らなかった。

「ううううん……」

「どうした？　ずいぶんと早いが」

「ル、ルイス！」

ルイスが後ろから声をかけてきた。衣装部屋に来たのは、私の今日の服を選ぶつもりだったからなのだろう。それはいけないと、私はキリッとした顔を作り、彼に言った。

「きょ、今日は私が自分で着る服を選びます。だからルイスは出ていって下さい」

「え……」

キョトンとするルイスに更に言う。

「だって今日はデートなんでしょう？　それなのにいつも通りルイスに用意してもらうのは違う気がしますので」

「ロティ」

私の言葉を聞いたルイスが嬉しそうな顔をする。そうしてニコニコと笑顔で言った。

「そうか、君は私のために努力してくれようとしているのだな」

「えっ……いえ、努力というほど大層なものではありませんが……」

ただ、服を自分で選ぼうと思っただけだ。だがルイスは首を横に振った。

「いや、普段、着る服にさほど興味を抱かない君が、わざわざ早起きしてこうして衣装部屋にいるのだ。十分、努力と呼べると思う」

「うっ。……え、ええと、まあそういうことですので。今日だけはルイスにも遠慮してもらいたいんです」

なんとなく照れくさくなり、視線を逸らす。きちんと理由を言ったのだ。彼も遠慮してくれると思ったのだが、何故かルイスは出ていかなかった。むしろ慣れたように衣装部屋の奥に入っていく。

「え、え、え？　ルイス？」

「君の気持ちは嬉しいが、デートだからこそ私に選ばせて欲しいところだな。私が選んだ服を着た君と出かけたいと思うのだが……君は嫌か？」

「えっ……そんなことは」

あるわけがない。ブンブンと首を横に振ると、彼は眩しいほどの笑顔で言った。

「良かった。それならいつも通り部屋で待っていてくれ。君に似合う服を持っていくから。ああ、もちろん化粧も私に任せてくれるのだろうな？」

「え、ええ？」

そこも自分でやろうと思っていたので、返答に困る。だがルイスは退かなかった。

「頼む、ロティ。君を可愛くするのはどんな時でも私でありたいんだ」

そんなことを言われれば、断れない。私はあっさりと白旗を揚げた。

「……分かりました。ルイスがそれでいいというのなら、お願いします……」

「ありがとう」

幸せそうな顔を向けられてしまい、それ以上何も言えなくなった私はすごすごと己の部屋へと戻った。

部屋に戻り、あれ？　と首を傾げる。

「結局、いつもと同じ？」

なんてことだ。やってみようと思ったことが、気づけば全部取り上げられている。

それも、極々自然に。

「ルイス……恐ろしい人……」

気づけばやることがなくなっていた自分に愕然《がくぜん》とする。

ルイス相手に『自分で何かをする』というのは難しい。

改めて実感した出来事だった。

◇◇◇

ルイスが用意してくれた服は、レースがたくさんついた可愛らしいブラウスにロング丈の、これまた裾にレースがたっぷりついたスカートだった。靴はショートブーツで、留め具が可愛らしい。

こんな服、持っていただろうかと首を傾げる私に、ルイスは平然と「定期的に補充している」と言った。

どうやら知らないうちに、衣装部屋には服が増えていたらしい。なるほど、道理でルイスが見覚えのない服を持ってくるはずだ。

「今まで気にしたことがなかった……というか気づかなかったのか？」

驚いたように問いかけてくるルイスに、コクリと頷く。

「はい。覚えていないだけで持っていたのかな……程度にしか思っていませんでした」

「……本当に興味がなかったんだな」

愕然と言われ、笑って誤魔化す。何度も言っている通り、私は食にしか興味がないのだ。

いつも下ろしている髪は、今日はルイスが纏めてくれた。出かけるなら邪魔にならない方がいいということだったが、纏めるのに使ったバレッタがとても可愛くて、密かにテンションが上がった。

「さあ、出かけるか」

朝食を食べてしばらくして、準備を終えたルイスと一緒に外へ出た。彼はいつものように丈の長い上着を着ていたが、町に出るということであまり刺繍《ししゅう》や飾りのない実用的なものだった。中に着ているベストも普段とは違い、キラキラしていない。格好だけなら少し身なりのいい貴族といって十分通じそうだ。

まあ、ルイスは顔が良いので、この格好でも目立つとは思うが。いかにも王子様ですといわんばかりの煌びやかな服装ではないから悪目立ちはしないだろう。

前回、彼が食べ歩きに出かけた私を迎えに来た時のことを思い出す。あの時の彼は、いつものキラキラ衣装で現れたから、皆の視線を釘づけにしていたのだ。

格好って大事なんだなと、心から思った出来事だった。

「仕上げはこれだな」

ルイスの普段とは違う格好に興味を引かれ、見つめていると、彼が胸元から眼鏡を取り出した。黒縁の四角い形。ルイスと眼鏡という組み合わせに私は首を傾げた。

「眼鏡、ですか？」

「ああ、多少の変装は必要だろうと思ってな」

「なるほど」

ルイスが眼鏡をかけると、確かに印象が変わった。

パッと見ただけでは、ルイスとは分からない。いや、彼をよく知る人物ならすぐに分かるだろうが、遠目からしかルイスを見たことがない国民たちの目なら十分欺けるレベルだ。

「ルイス、似合いますね」

「そうか？」

眼鏡をかけただけだというのに、妙に色っぽく見える。

正直、ちょっとときめいた。

普段見ることができないルイスの姿に、私は妙に意識してしまっていた。

「……君がこの私が好きだというのなら、離宮に戻ってもしばらくはこのままでいようか？」

隠していたつもりだが、私がチラチラ見ていることに気づいたのだろう。ルイスが笑顔で尋ねてきた。

「私としても、眼鏡ひとつかけるだけで君に意識してもらえるのは嬉しいからな。この姿で口説けば、君は意外とあっさり落ちてくれるのではないかと」

「な、な、な……」

ボッと頬が熱を持った。目を大きく見開きルイスを見つめる。彼は悪戯っ子のように笑った。

「どうする？　ロティ」

「い、いえ……結構です……」

「遠慮しなくてもいいぞ？」

笑いながら言うルイスだが、彼がわりと本気で言っていることには気づいていた。

私が頷けば、彼は眼鏡をかけたまま、離宮で過ごすつもりなのだ。

確かに眼鏡をかけたルイスを素敵だとは思ったが、そういうのは求めていない。

だから私は真面目に問いかけた。

「……ルイスって、目が悪かったですか？」

「いや、悪くない。これは変装用だからな。度が入ってないんだ」

「それならやめましょう。今は仕方ないと思いますが、必要ないのにつけることはないかと」

「いや、必要はあるぞ。ロティが見惚れてくれる」

「……珍しかったので驚いただけです。それに……眼鏡をかけようがかけまいが、ルイスが変わるわけではないでしょう？」

見た目が少し変化するだけだ。それも眼鏡を外してしまえば、それで終わりの儚《はかな》いもの。

「私は、ルイスの作る料理とか、私を世話してくれる時の優しい笑顔とか、夜のお茶の時間とか、そういうのが好きなんです。眼鏡は……関係ないです」

「ロティ」

ルイスが何故か驚いたように私を凝視してくる。

「……なんですか？」

「……」

　私をまじまじと見つめていたルイスが、突然「はーっ」と息を吐いた。

「性質が悪い」

「ええ？」

「これで無自覚だというのだから、本当に性質が悪い。君はあれだな。世間一般で言うところの悪女というやつだろう」

「どうして私が悪女なんですか！」

「やはり自覚がない」

「ルイス！」

　思わず声を荒らげた。だけど悪女なんて言われたのだ。文句のひとつくらい言っても許されるだろう。

「私のどこが、悪女だというんですか？」

「私を振り回しておいて、そんなことを聞いてくること自体が悪女の証《あかし》だとは思わないか？　ああ、なんて可哀想な私。君に振り回されて……それでも嬉しいと思うのだからやりきれない」

「……自分が不幸、みたいな言い方をしないで下さいよ。冤罪《えんざい》です」

「事実だろう。……アーノルド、カーティス。お前たちはどう思う」

　私たちの後ろに黙って控えていた双子騎士にルイスが問いかける。答えを求められたふたりは異口同音に言った。

「殿下のおっしゃる通りかと」

「殿下、可哀想……」

「ええええ？」

――そうなの？　私が悪いの？

訳が分からない。

「ほら、言った通りだろう。三対一だ」

非難するような目を三人に向けられ、動揺する。

彼らに非難される覚えはないのだけれど。

「えーと……その、すみませんでした」

全くもって納得できなかったが、私が悪いと皆が言うので、仕方なく謝ることにした。

◇◇◇

王家所有の馬車に乗り、町へ向かう。もちろん供についてきているのはアーノルドとカーティス。

最近ずっとベラリザと一緒だったので、この四人で行動するのは久しぶりだ。

アーノルドとカーティスのふたりも、ルイスと似たような格好をしている。色は黒一色。腰に剣を佩《は》いているのは護衛だから当たり前だが、騎士服以外の彼らを見るのは珍しいので、なんとなく気にしてしまう。

「町に着いたら、どこに行きたい？　希望の場所はあるか？」

普段あまり見ない格好のふたりに気を取られていると、ルイスが話しかけてきた。それに答える。

「そう……ですね。私としては、やはり食べ歩きを楽しみたいですけど……」

言いながらちらりとルイスの顔色を窺う。

何せ彼は私に、自分の作るものだけを食べて欲しいと真顔で言う人なのだ。前回、町へ出かけた時も怒られた理由はそれだった。あの時、私は二度と食べ歩きには出かけませんと言い、彼の許しを得たのだが……ふたりで一緒に行動するのなら少しくらいは期待したい。

「あの……駄目です……よね‼　はい！　分かってます！」

ルイスが浮かべる表情を見て、私は即座に諦めた。何せ彼はとんでもなく恐ろしい形相になっていたからだ。こんな顔を見てしまったあとでは、「少しくらいいいですよね」なんて言えるわけがない。

少しも何も、一口も許されないやつだ。知ってた！

「ロティ……」

「はい！　大丈夫です！　約束は覚えてます！　ええ、自分からした約束ですからね！　覚えてますとも‼」

また無意味に怒らせて、おやつ抜きなどと言われてはたまらない。

特に少し前に食べた、あのふわふわのパンケーキ。あれを二度と作らないなどと言われた日には、後悔してもしきれない。あんなに美味しいパンケーキを作れるのは、間違いなくルイスだけ。私の命綱……いや、胃袋を握っているのはルイスなのだ。

——あれを作らない、なんて言われることを思えば、食べ歩きも惜しくはないわ……！

本心から思い、深く頷く。

私がさっさと意見を翻したせいか、幸いにもルイスの機嫌はそこまで悪くならなかったようだ。

「……分かっているのならいい」

「良かった」

ほっと息を吐く。せっかくこれから出かけるのだ。できれば楽しく過ごしたい。

とはいえ、残念な気持ちがあったのも本当だったので、つい言ってしまった。

「でも、私の好きなものをルイスに知ってもらいたいというのはありますね」

「うん？　どういうことだ」

どうやら興味を引いたようだ。話の続きを促され、私は戸惑いつつも正直に答えた。

「どういうことと言われても……。せっかくルイスと一緒に町に出るのですから、私が好きなものをあなたにも知ってもらいたいなと思っただけです。私もルイスの好みを知りたいと思いますし。そういう時に食べ歩きって悪くないなと思ったんです。あっ！　もちろん、行きたいというわけじゃありませんから！　諦めてますから、そこは誤解しないで下さい！」

せっかく直った機嫌を損ねさせたくない一心で必死に言う。

ルイスは私の言葉を吟味するかのように考える素振りを見せたあと、頷いた。

「なるほど」

「ルイス？」

「互いの好みを知るための食べ歩き……か。そう考えると、悪くない……か」

「……!?」

なんと、風向きが変わってきたようだ。

ドキドキしつつも彼を窺う。ルイスがひとつ頷いた。

「分かった」

「……え」

「今日に限り、食べ歩きを許可しよう」

「へ？　い、いいんですか？」

「ああ」

ルイスが頷くのを信じられない気持ちで見つめた。

あれだけ私が外で食べることを嫌がっていたルイスが、食べ歩きを許す？　これは何かの間違いではと本気で思った。

意味もなく焦る私に、ルイスが楽しげに言う。

「私と一緒なら、まあいいだろう。私も、君の好みをもっと知りたい。君はなんでも美味しそうに食べてくれるが、やはりその中でもより好きなものはあるだろう？　町で売られているどのようなものに君が興味を示すのか、気にならないと言えば嘘になるからな」

「……！　ありがとうございます！」

まさか許可を出してくれるとは思わなかっただけに喜びはひとしおだ。

やったと思わず拳を握ると、ルイスがそっぽを向きながら言った。

「まあ……今日は初デートだしな。いくら私でも多少は譲歩するさ」

「え……」

思わず彼を見る。

彼は私を見ようとはしなかったが、その耳がほんのり赤くなっていることに気づき、目を瞠った。

「ルイス……」

「これでもかなり、君と出かけられることに浮かれているんだ。……好きな女性に喜んでもらいたいという気持ちくらい、私にだってある」

照れくさそうに言われ、こちらまで顔が赤くなった。

ルイスは、本当は嫌なのだ。それを私のためだからと我慢してくれているのである。

——嬉しい。

思いがけずルイスの優しさに触れ、心の中がほんのりと温かくなる心地がした。

「ありがとうございます。その……嬉しいです」

心から告げる。

ルイスがちらりと私を見る。そうして微かに笑った。

「……なら、良かった」

「っ……！」

――可愛い。

浮かべられた笑みに釘づけになる。男の人相手に可愛いと思うのは失礼だと分かっていたが、それでもそう思ってしまった。

思えば最近、ルイスのことを可愛いと思う時が増えている気がする。

それは彼が私に対し優しさを見せてくれた時だったり、私がご飯を食べているのを見ている時に彼が浮かべる表情だったりするのだが、どんどんその頻度が増えているのは間違いない。

確実に変わっていっている自分の感情に気づき、胸に手を置く。

――私、やっぱりルイスのことを好きになってる？

決めつけるのはまだ早い。

そうは思うが、ドキドキする心を抑えることはできなかった。

◇◇◇

「ルイス、ここの果物、すごく美味しいんですよ！」

「ほう……」

馬車から降り、ルイスを連れて、町の中心部へ向かう。私が選んだのは、主に食材を扱うコーナーだった。料理そのものより、ルイスなら食材の方に興味があるのではと思ったのだが、どうやらそれは正解だったようだ。

立ち並ぶ露店のひとつに足を止めたルイスは、分かりやすく目を輝かせている。

「新鮮だ……」

グレープフルーツを手に取り、鮮度を確かめるルイスに、店の店主がニコニコと話しかける。

つなぎのようなものを着て、手袋を嵌《は》めている。つばの広い藁《わら》でできた帽子を被っていた。おそらく生産者が直接王都まで売りに来ているのだろう。そういう露店がここにはたくさんある。

「それは今朝、うちの畑で収穫してきたばかりのグレープフルーツだからね。新鮮じゃなければ嘘だろう」

「摘んだばかり！　それはすごい……！」

「皆、新鮮なものを欲しがるからね。朝の暗いうちから収穫するのさ」

店主の説明を食い入るように聞く。艶々した大きなグレープフルーツをルイスはお気に召したようだった。

「一盛り、もらえるか」

「まいど！」

籠に盛ってあったグレープフルーツを店主が紙の袋に移し替える。ルイスは慣れたように代金を支払った。その動きに不自然なところはない。当たり前のようにやりとりしている様子を見て、私は内心首を傾げていた。

——ルイスって、町で買い物とかしたことあるのかしら。

王子なのだ。町での買い物の仕方など知らないものと思っていた。だが、彼に戸惑う様子はない。

「ありがとう」と言いながら商品の入った袋を受け取るところまで完璧だ。

「また来てくれよな！」

店主の声に嘘のない笑みを向けたルイスが歩き出す。それに慌ててついていきながら、小声で聞いた。

「ルイス。そ、その……買い物とか慣れていらっしゃいますね。もしかしてルイスもお忍びで町に来ていたりとか？」

「そんなわけないだろう」

「ですよね」

呆れたように言われ、やはり違うのかと思った。だが、それなら何故、こんなにもスムーズに買い物ができるのか疑問だった。

「……君には前世の記憶があると言っただろう。前世では私は一般人だった。こういう人混みを歩くことも多かったし、その中で買い物をしたことだって当然あった。貨幣などは違うが、基本的なところは変わらない。それだけのことだ」

「な、なるほど……」

小声で説明され、頷いた。

前世の記憶がこんなところで役立っているとは驚きだ。だが、王子がお忍びで町に来ていると知られてしまうよりは良いだろう。

「ロティ。次の店に行くぞ。あちらの野菜を売っている露店に行きたい」

「え、あ、はい！」

自然な動きでルイスが私の手を握る。彼が見ているのは、私も何度か買い物したことのある店だ。

「ああ、あそこの店は安くて良い野菜を置いていますよ。野菜を搾って作ったジュースもあるんですけどそれが絶品で」

「野菜ジュースか。健康によさそうだな」

「ええ、女性に大人気なんです」

興味があるようだったので、歩きながら説明する。食べ歩きをしていた経験をこんな風に活かすことになるとは驚きだ。

だけどルイスが嬉しそうなので、私も嬉しかったし楽しかった。

——本当に、デートみたい。

ルイスに手を引っ張られながら、目当ての店へ向かう。店のど真ん中に置いてあった大きなカボチャに興味津々のルイスは、野菜の栽培方法などを店主のおじさんに聞いていた。

「こんなに大きくて、中身は詰まっているのか？」

「これは飾りだよ。去年収穫したカボチャなんだ。あまりに大きかったから、記念として置いている」

「……ほう。確かに他のものは普通の大きさだな」

「だが実は詰まってる。持ってみろ。重いだろう？」

「！　本当だ」

「今年のカボチャは大当たりなんだ。すごく甘いから、是非食べてみて欲しい」

「……ひとつくれ。あと、彼女からここの店は野菜ジュースが美味しいと聞いたのだが」

「彼女？　……ああ、ロティじゃないか。久しぶりだな！」

ふたりのやりとりを楽しく聞いていると、突然矛先がこちらに向いた。慌てて挨拶をする。

「こ、こんにちは」

「最近姿を見ないと思ったら……この兄ちゃんは恋人か？」

ルイスの正体に気づいていないのが丸分かりの『兄ちゃん』呼ばわりに苦笑する。チラリとルイスを見ると、彼は特に気にしていないようでニコニコしていた。

「恋人ではないの……彼は、その――」

「婚約者だ」

「っ！　ルイス」

私が言うより先に、ルイスが言った。おじさんが興味津々という顔をする。

「ほう？　ロティももうそんな年か。早いな。だが婚約者とは、ロティは良い家の出なのか？」

「ま、まあ……」

私が公爵令嬢であることは彼に告げていないので、適当に誤魔化す。あまり深く聞いて欲しくないことを察したのか、おじさんは話題を変えてきた。

「それで、ロティ。お前さんも野菜ジュースを飲むのか？」

「え、ええ」

「じゃあふたり分だな。兄ちゃん、嫌いな野菜はあるか？」

「いや、ないが」

「好きな野菜は？」

尋ねると、ルイスの口からは「トマト」という答えが返ってきた。ルイスはトマトが好きなのか。よく考えればいつも作ってもらうばかりで、ルイスの好みなど知らない。せっかくなのだ。今日は彼の好きなものや嫌いなものをたくさん知りたいと思っていた。

「トマト、か。ロティはどの野菜も好きだからなんでもいいよな？」

「ええ、大丈夫。お勧めでお願い」

変に好みを言うより任せてしまった方が美味しいことを知っているのでお願いする。

おじさんは露店の下から大きなジューサーを取り出し、店に並んでいる野菜や果物を適当にチョイスしてジューサーの中に突っ込んだ。

「で、あとは魔法でジューサーを起動させて……」

勢いよく野菜がジューサーの中で回転し、潰れていく。すぐにジューサーは止まり、緑色の液体ができあがった。

紙コップにドロドロとした液体を注ぐ。それを店主は私とルイスに手渡した。

「ほら、できたてだ！」

「ありがとう」

野菜ジュースを受け取り、対価として貨幣を支払う。ここの野菜ジュースは少し値段がお高めなのだが、野菜の濃厚な味わいが絶品なので高いとは思わない。ルイスもそれは野菜ジュースを見て察したのか、値段を聞いても何も言わなかった。

支払いを済ませ、露店の隣にあったふたりがけのベンチに並んで座る。久しぶりの野菜ジュースはやっぱりとても美味しかった。素材の味が生きている。

「これは……美味いな！」

「でしょう？　お勧めなんです。私、ここに来た時はいつもこれを買うようにしてて。苦手な野菜を言うと、それを避《よ》けてくれるんですよ」

「トマトの味がするな。あとこれは……ホウレンソウか。小松菜に……林檎の甘みもある」

「色々入っているのに、ひとつの纏まった味になるの、すごいですよね」

栄養たっぷりの野菜ジュースをふたりで楽しむ。

私たちがベンチに座ったので、少し遠くから護衛をしてくれていたアーノルドたちもやってきた。

私たちが持っているコップの中身を見て、顔を歪める。

「なんですか。その不気味な色」

「うわっ……めっちゃくちゃ青臭いんだけど！」

カーティスが心底嫌そうな顔をした。どうやら彼は野菜の匂いがあまり好きではないようだ。

漂ってくる匂いも受けつけないとばかりに顔を背けている。

「くっせ……よく飲めるね。そんなの」

「栄養たっぷりなんですよ。私は好きなんですけど、苦手な人は苦手ですから仕方ありませんね」

ふたりさえよければ、追加で買おうかとも思ったのだが、ふたりは見るからに嫌がっている。これは下手に勧めると逆に迷惑だなと気づいた私は、黙って自分の分の野菜ジュースを飲んだ。

隣に座ったルイスは、野菜ジュースの研究に余念がないようだ。

「これは自然の甘みだけで出た味か……少し砂糖を足す？　いや、もったいないな……」

どうしても作るという方向に思考がいくらしい。それを「らしいな」と思いながら見つめる。彼は料理が本当に好きなのだ。キラキラと目を輝かせているルイスを見ていると、やっぱり可愛いと思ってしまう。

「ルイス、もしかして野菜ジュースも作る気ですか？」

「ああ、朝食に出すのがいいかと思ってな。しかし美味い。あの値段でこれだけ新鮮な野菜が手に入るというのはちょっと信じられないな」

「そういえばルイスって、野菜の一般的な価格も知っているんですね」

先ほどの彼の様子を思い出しながら尋ねてみる。ルイスは笑って頷いた。

「もちろんだ。何せ私が使っている食材は王宮で仕入れていないものもあるからな。大体の交渉は自分でしているから一般的な価格を知らないと足下を見られる」

「分かってはいましたけど本格的ですね。あ、それなら王宮の野菜はどこから仕入れているんですか？」

「専門の業者が毎朝届けるようになっている。完全に別ルートだな。こちらは色々と検査がある。毒がないか調べるのに必要な工程とはいえ、手元に届く頃には野菜の鮮度が落ちていることも多い」

「へえ……」

「それでも、できるだけ良いものを選んでくれているのは分かっているが……やはり露店で直接買うのは違うな。できれば私もそうしたい」

感心したようにコップに半分ほど残った野菜ジュースを見つめる。確かに王族の口に入るものを調べないわけにもいかないだろう。検査が必要だというのは分かるが、王族は大変だなと思った。

野菜ジュースを飲み、休憩したあとは、普通に食べ歩きを楽しんだ。

私がお気に入り店舗のドーナツを紹介すると、ルイスはそれを食べつつ、「ロティの好みはこういう味か」と何度も頷いていた。

道を歩きながらルイスが言う。

「ドーナツが好きなら、今度、『豆腐ドーナツ』を作ってやろう」

「豆腐ドーナツ、ですか?」

「ああ」

『豆腐』というのは、味噌汁《みそしる》によく入っている、白く柔らかいヘルシー食品である。あっさりとした味わいだが栄養価が高く、ルイスは好んで豆腐を使っていた。

その豆腐を使ってドーナツ? 全然想像できない。

「分からないという顔をしているな。まあ、楽しみにしていろ」

「ルイスの作るものは全部美味しいですから、期待していますね」

ルイスが楽しみにしろと言うのなら、きっと美味しいのだろう。信頼を込めて頷くと、彼は嬉しげに笑った。

「他にお勧めのものはあるか？」

「そうですね……。あっちの店に売っているアイスクリームも美味しいですよ！　外国のレシピで作られているとかで、あまりこの辺りにはない味なんです」

「外国のレシピ……か。興味はあるな。それなら次はそっちへ行ってみるか」

「はい」

ルイスの言葉に笑顔で頷く。

そのあともたくさんの店を回り、食べ歩きを楽しんだ。今日の夕食に使うという食材なんかも買っていく。

「そろそろ王宮に帰るか」

ルイスが上着の内ポケットから取り出した時計を確認しながら呟いた。

時間は昼も過ぎ、夕方に差しかかるかという頃だった。たっぷり楽しませてもらった私は心から満足し、「はい」と元気よく返事をした。

「あまり遅くなるのもよくありませんしね」

「ああ。それに夕食の支度を考えると、そろそろ帰らなければならないしな。買った肉を使いたいんだ。あまり遅くなると準備が間に合わなくなる」

「それはいけません。今すぐ帰りましょう！」

ルイスが先ほど買った美味しそうな豚肉の存在をしっかり覚えていた私は、キリッとした顔で提案した。お土産にと買った商品が入った紙袋を両手で抱える。ルイスは私が持っているより二回りは大きな袋を、器用にも片手で持っていた。

今日は『ミソカツ』という料理を作ってもらうのだ。カツは食べたことがあるが、ミソカツは初めて。話を聞くだに絶対に美味しいやつだと私は確信していた。

「ミソカツのために！　帰りましょう」

「発音は『味噌カツ』だな」

「味噌カツですね。覚えました！　楽しみです」

「そうだな。君に食べさせてやらなければならないものな。アーノルド、カーティス、帰るぞ」

ルイスが護衛をしてくれたふたりに声をかける。ふたりは頷き、馬車を待たせてあるところへ歩き出した。その後ろをついていく。

ふたりは手ぶらだが、それは彼らが護衛だからだ。何かあった時のために、彼らは両手を使えるようにしておかなければならない。カーティスは構わないと言ってくれたが、それはアーノルドがいさめていた。確かにその通りだと思う。

「ルイス、ありがとうございました。今日はとても楽しかったです……」

歩きながら、礼を言う。抱えたお土産の重みが酷く心地よかった。

本当に、今日はすごく楽しかった。

ふたりで露店を見て回るのは、ひとりで買い食いをしていた時以上の喜びがあった。

美味しいと言えば、同じ言葉が返ってくる楽しみ。次はあちらへ行こう、こちらはどうだと話し合うのも新鮮で、本当に連れてきてもらえて良かったと実感していた。

やっていたのはただ、露店を回っていたことだけで、お洒落《しゃれ》なカフェでお茶をしたとか、お芝居を見に行ったとかそういういかにもデートっぽいことではない。だけど、食いしん坊の私にはこれがちょうどよかったし、料理を作ることに喜びを見出すタイプのルイスにもぴったりだったのだと思う。

何せ、食材を吟味している時のルイスは分かりやすく目が輝いていたし。

そんなルイスの姿を見ているのも楽しかった。まるで子供みたいな顔をして喜んでいる彼はとても可愛かったし、見ていて全く飽きないのだ。むしろもっと喜ばせたくなって、彼が好きそうな店を次から次へと紹介していた気がする。

今日の自分たちの行動を振り返り、ひとり微笑む。

こんなに楽しかったのは初めてではないだろうか。本当に連れてきてくれたルイスには感謝しかない。

「君が喜んでくれたのなら良かったが……結局、露店を見て回るだけになってしまったな。本当は女性が喜びそうなカフェなんかにも案内したかったのだが」

彼の言葉にちょっと目を丸くした。

何せ彼は、自分の作ったもの以外を食べさせたくないという男だ。デートの定番といえばカフェでお茶だろうが、ルイスに関してはそれはないだろうなと思っていた。

「……なんだ」

「いえ……ルイスとカフェでお茶というのが、ちょっと想像つかなかったもので。だってルイスって給仕するのが好きなタイプでしょう？　それに、ルイスが作ったもの以外を食べるなっていつもおっしゃるから」

正直に告げると、「まあ、そうだな」と思った通りの肯定が返ってきた。

「それはその通りだが……私にだって好きな女性に喜ぶものを食べさせてやりたいという気持ちくらいはあるんだ。同じくらい私の作ったもの以外を食べて欲しくないとも思うが。連れていこうと思っていたカフェは可愛いメニューが多くて、女性にずいぶんと人気だと聞いていたし、場所も大通り沿いにあるから安全だろうと考えていた」

「ああ……もしかして、あのカフェ。ルイス、よく知っていましたね」

場所と女性に人気の可愛いメニューがあるカフェ、で彼がどこに連れていってくれようとしたのか理解した。

大通り沿いにあるそのカフェは、開店当時から確かに大人気で、いつも行列ができている。時間があまりない私は、実は一度も入ったことがなかった。気にはなっていたけれど。

ルイスが町のカフェを知っていたのが疑問だったのだが、彼は拗《す》ねたように言った。

「調べたに決まっているだろう。君とデートする機会もあるだろうと、事前にこの辺りの店は、あらかた調査済みだ」

「そ、そうだったんですか……」

私のために前々から準備をしてくれていたのだと知り、頬が熱を持った。

「それは……ありがとうございます。嬉しいです」

ルイスは王太子だ。決して暇ではない身で、私のために骨を折ってくれたのが嬉しかった。

「ルイスさえよければ、次はそのカフェに行ってみませんか？　私、実はそのカフェにまだ一度も行ってないんです。興味はありましたので、連れていってもらえると嬉しいです」

正直に告げると、彼は少し考えたあと頷いた。

「そう……だな。デートなら、たまには給仕される側に回るのもいいかもしれない」

「私、ルイスと一緒にお茶がしたいです」

基本、ルイスはお茶の時は給仕に回る。それを私は常々残念に思っていたのだ。

どうせなら一緒に過ごしたいな、と。

夕食などは共に食べるようにしてくれているがお茶は違うので、たまにはそういうのもいいのではないかと思った。

じっとルイスを見つめる。彼は「んんっ」とわざとらしく咳払いしたあと、頷いた。

「わ、分かった。それでは次回はそうしよう」

「ありがとうございます！」

次回のデートの約束にテンションが上がる。また、一緒に出かけられると思うと嬉しくてたまらなかった。

「一緒に、行きましょうね！」

声が弾む。笑顔をルイスに向けると、彼は何故かすんと真顔になった。

「……本当に君は。そういうところだぞ」

「？」

何故窘められるのか。首を傾げていると、前を歩いていたふたりが同時に振り返り、同意するように頷いていた。

◇◇◇

「歩きすぎて足が棒のようです」

馬車に荷物を積み、中へと乗り込む。

カタカタという車輪の音が心地よいなと思いながら話しかけると、隣に座ったルイスが笑った。

「あまり普段は歩かないからな。まあ、今日はずいぶんとカロリーも取ったし、これくらいでちょうどいいだろう」

「逆にお腹が減りましたよ。晩ご飯が楽しみです」

「はは、君らしいな」

お腹を押さえて訴えると、ルイスが愛おしげに目を細めた。

「帰ったらすぐに食事の準備をしよう。肉を薄めに切って、下処理の時間を短縮させるか」

「薄くてもいいですけど、その分たくさん食べたいです」

「分かっている。君が満足するまで食べさせてやるから、心配するな」

「ありがとうございます！」

ルイスの言葉が頼もしい。

私たちの前に座るアーノルドとカーティスは、黙って座っている。私たちの話も聞こえているが、特に反応しなかった。いつものことだと思われているのだろう。……その通りだ。

「ふああ……なんだか眠たくなってきましたね」

車輪の音が眠気を誘う。気が抜けたのだろう。うとうととしてきた。

「……眠……きゃあっ⁉」

突然、馬車が停まった。

嘶《いなな》きが聞こえる。急停車したせいで身体が大きく傾いだ。思わず声を上げたが、横にいたルイスが腕を伸ばし、支えてくれる。

「あ、ありがとうございます……え、一体何が？」

馬車は完全に停まっており、再度出発する様子は見えない。何が起こったのか、外の様子を馬車にある小さな窓から覗くと、何人もの覆面の男たちがこちらに向かって弓を構えていた。

「えっ……」

「ロティ、窓から離れていろ。アーノルド、カーティス！」

「承知しました！」

「了解！」

ルイスが鋭くふたりの名前を呼ぶ。馬車は内側から鍵を開けられるタイプだったらしく、彼らは勇ましく飛び出していった。すぐに腰から剣を引き抜く。アーノルドが放たれた矢を剣で叩き落とした。

その隙にカーティスが飛び出す。あっという間にひとり、ふたりと斬り捨てていった。あまりの早業に目を見開く。

「すごい……」

「ロティ、私から離れるな」

「は、はい」

ルイスが開いた扉を急いで閉めた。その手にはいつの間にか剣を持っている。

短剣というほど短くないが、長剣と呼べるほど長くもない。

「それ……」

「座席の下に隠してある。こういうことがないとも限らないからな。丸腰では戦えない」

その言葉に、彼が今までに何度も命を狙われていると言っていたことを嫌でも思い出してしまった。

彼はこういう事態に慣れている。だからかとても落ち着いていた。

「ル、ルイス……私」

駄目なのは私の方だ。襲撃されているのだと分かった途端、ブルブルと身体が震えて止まらない。

泣きそうになりながらルイスを見ると、彼は安心させるように微笑んだ。

「大丈夫だ。君のことは私が守る。……そう、前にも言っただろう?」

「……はい」

なんとか頷いた。

外から金属音や、肉を切り裂く音、悲鳴などが聞こえてくる。その中には楽しげに笑うカーティスの声も交ざっていた。

「あははっ！　その程度の力量でオレたちに挑んできたわけ？　信じられねぇ！」

「カーティス。甚振《いたぶ》るのはやめなさい。あと、殺してはいけませんよ。なんの目的で僕たちを襲ってきたのか尋問しなければなりません」

「分かってるって……！」

呆れたようなアーノルドの声には緊張感というものがまるで感じられなかった。カーティスもそれは同じで、彼らの声を聞いていると、少しだけ身体のこわばりが解ける。

「どうやら大したことのない敵のようだな。あの様子なら馬車の中までは来ないだろう」

「……はい」

「怖いか？」

優しく聞かれ、首を縦に振る。ルイスが私を抱き寄せた。胸の中に閉じ込められ、一瞬息が止まる。

「えっ……」

「終わるまでもう少しかかる。それまでこうしているから、君は心配しなくていい」

「……」

「大丈夫、大丈夫だ」

「……ルイス」

声につられるように彼の上着を握った。身体を縮こめ、彼に縋る。心臓の音が聞こえ、息を吐いた。

「目を閉じていればいい。終わったら教えてやるから」

「……はい」

言葉に従い目を閉じる。双子騎士の楽しげな声と剣戟《けんげき》はまだ続いていたが、さっきまでとは違い、恐怖はだいぶ収まっていた。

◇◇◇

「殿下、終わりましたよ。出てきていただいて大丈夫です」

あれからどれくらい経っただろうか。ルイスの胸の中でじっとしていると、いつの間にか恐怖を感じるような音がやんでいた。アーノルドのいつも通りの穏やかな声にそろそろと顔を上げる。

ルイスがアーノルドに答えていた。

「分かった。殺してはいないだろうな?」

「ええ、死んではおりませんよ。何人か重傷にはしましたが……まあ、それは襲ってきたのですから自業自得でしょう」

「良いだろう。……ロティ」

名前を呼ばれ、ルイスを見た。

「ルイス？」

「私は今から襲ってきた者たちに尋問をする。君は怖いだろう？　ひとりにはなるが、このまま馬車にいた方が――」

「嫌です！」

ルイスの言葉に被せるように声を上げた。

ルイスが目を丸くする。

「ロティ、だが君は……」

「怖いのは怖いです。でも、今ひとりにされる方が嫌なんです」

我が儘なのは分かっている。だけど、馬車の中にひとりで取り残される方が嫌だと思ってしまったのだ。もう襲撃者はいない。それを知っていても怖かった。

「ルイスと一緒にいたいんです……駄目、ですか？」

「君がそれでいいのなら私は構わないが……あまり快い光景ではないぞ？」

「……分かっています」

確認してくるルイスに、頷く。彼が気遣ってくれているのは分かっていたが、ルイスの側にいる方が今の私には大事だった。

ルイスが慎重に馬車の扉を開ける。先に彼が降り、私に手を差し伸べてきた。

「ロティ」

「……はい」

力の入らない身体に鞭《むち》を打ち、立ち上がる。ルイスの手を取り、タラップを降りた。途端、目に入ったのは凄惨な光景だった。

「……っ」

血を流し、倒れる覆面の男たちが十人以上、呻《うめ》き声を上げ、地面に伏している。その中央にはカーティスがおり、上機嫌に笑っていた。持っていた剣を払うと血が飛び散る。

悲鳴を上げそうになるのを必死で堪えた。

ルイスは止めてくれたのに、ついていくと言ったのは自分なのだ。ここで悲鳴を上げる権利は私にはない。

「残念。オレらがついていて、殿下たちに手出しできると本気で思った?」

カーティスが倒れた男たちにいつもの軽い調子で話しかける。彼らは答えない……いや、痛みが酷くて答えられないのだ。

目の前の光景を直視できなくて、周囲に目を向ける。私たちが襲われた場所は、人通りが少ない狭い通りだった。王宮への帰り道には使わない、少し町の中心地から外れた場所。

道の両側には古びた煉瓦《れんが》の建物がある。

偶然、今の襲撃に行きあった男性がひとり、腰を抜かしてこちらを見ていた。買い物帰りだったのか、オレンジが転がっている。幸いなことに怪我はなく、この騒動に巻き込まれてはいないようだった。

「どうしてこんなところに？　帰り道とは違いますよね？」

「御者もグルだったということだろう。……アーノルド」

「混乱に乗じて逃げ出そうとしていましたので、捕らえました」

アーノルドの方を見ると、彼は御者の身体を己の足で踏みつけていた。御者は痛めつけられたのか、軽傷ではあるが怪我をしている。

カーティスが、王宮がある方角を見る。何かを見つけたように呟いた。

「あー、ようやく来た。おっせえ」

焦った様子で走ってきたのは、王都の警邏《けいら》隊だった。誰かが通報したか、騒ぎを聞きつけたのだろう。十人以上はいる。

「陛下のお膝元で何をしている！」

先頭にいた隊長と思われる年嵩《としかさ》の男が大声で叫ぶ。だが、近くに来て、ルイスの顔を見ると固まった。

「ルイスフィード殿下!?」

さすがにルイスの顔を知っていたのだろう。騒ぎを起こした片方がルイスと知り、彼らは慌てて膝をついた。

「こ、これは一体どういうことで……」

「見たままだ。王宮への帰り道に不審者からの襲撃を受けた。それを撃退したというだけだな」

「殿下を襲撃⁉」

ギョッとしたように顔を上げる隊長に、ルイスは淡々と命を下した。

「私たちに怪我はない。それより襲撃者共を捕らえろ」

「は、ははっ！　直ちに！」

深々と頭を下げ、隊長は己の後ろにいた隊員たちを振り返った。

「お前たち、今すぐ殿下を襲った不届き者を引っ捕らえよ！」

隊員たちも慌てたように立ち上がり、カーティスが倒した男たちを縄で縛り上げていく。その中には馬車の御者もいた。抵抗は無意味と分かっているのか大人しい。そんな彼に、彼を踏みつけていたアーノルドが静かに聞いた。

「……引き渡す前にひとつだけ。どうして殿下を狙った。何が目的です？」

アーノルドの言葉に、御者が驚いたような顔をした。そうしてぶんぶんと首を横に振る。

「殿下を狙うなんて、そのような大それたことはしていません！　狙いは婚約者だと！　私はそう聞いて……！　だから！」

「私？」

婚約者という言葉をばっちり聞いてしまった。狙われていたのが自分と知り、目を見開く。

ガクガクと勝手に身体が震え出した。

「わ、私が狙われたの……？」

「ロティ、しっかりしろ」

ショックのあまり、その場に倒れそうになった私をルイスが抱き留める。呆然とする私を余所《よそ》に、御者は必死に訴えていた。

「私は悪くありません。だって、宰相閣下に命じられて、断れるわけがないでしょう？　ただ、帰りにここに誘導しろと、それだけでいいからと言われて……仕方なかったんだ‼」

「仕方ない、でお前はロティが狙われることをよしとしたのか」

静かな口調で問いかけたのはルイスだった。彼に睥睨《へいげい》され、御者が震え上がる。

「そ、それは……でも、閣下が、殿下の婚約者は今までにも何度も命を狙われてるって……毒を盛っても死ななかったし、今回だってどうせ死なない、せいぜい大怪我をさせるくらいになると思うから気負う必要はないって……」

「……！」

毒という単語に反応した。

毒入りクッキーを食べ、倒れたのはほんの数ヶ月前の話だ。あの時ルイスは、私ではなくルイスが狙われたのだと言っていた。それを今の今まで信じていたけれど、もしかして違ったのだろうか。

何度も命を狙われていると言った御者の言葉が自身に降りかかってくる。

思わず自分の身体を両手で抱きしめる。私の変化に気づかない御者は必死の形相で語っていた。

「死なないっていうんなら、自分の命のために閣下に協力してもいいでしょう？　それとも殿下は、私に死ねと言うんですか？　大怪我をさせることになるかもしれないと分かっていましたけど……でも、私だって命は大事なんです。命令を断れば、きっと私はどこかのタイミングで処分される。

それが分かっていて、引き受けないなんて選択肢はありませんよ！」

仕方なかったんだと叫ぶ御者をルイスは冷たく見つめていた。

「そうか、よく分かった。ただ、これだけは覚えていろ。お前は、未来の王太子妃となる女性の命を狙うことに加担した。王族に迎えられるべき女性を排除しようとしたんだ」

「……」

「連れていけ。隊長。……尋問の結果は分かり次第、報告するように。分かったな？」

「か、かしこまりました」

ルイスの怒気に当てられた隊長がその場に深く平伏する。

もう興味がないと言うように彼らから目を背けたルイスは、打って変わった優しい声で私を呼んだ。

「ロティ、帰るぞ。尋問は彼らに任せる」

「……」

「ロティ」

「は、はい」

慌てて頷く。何かを確認していたカーティスがいつもの暢気《のんき》な声で言った。

「殿下、新しい馬車が来たよ。オレたちも一緒の方がいい？」

「お前たちのひとりは残れ。でなければ、私に正確な情報は回ってこないだろう。悔しいが、あの男の力の方が私より強い。今起きたこともどうせすぐに握り潰される」

吐き捨てるように言ったルイスにカーティスは同意するように大きく頷いた。

「だよねえ。じゃ、アーノルドが残ってよ。情報収集とか、アーノルドの方が得意じゃん」

「確かに僕が適任ですね。分かりました。カーティスは殿下方を」

「りょーかい」

互いに頷き合う。新たにやってきた馬車にまずはルイスが乗り込み、次に私が乗った。最後に護衛のカーティスが乗り込む。

「……」

もう安全だと分かっているのに、身体の震えが止まらなかった。

襲撃が怖かったというのもある。だが、前回の『毒入りクッキー』。あれも狙いは自分だったという事実がどうにもショックだったのだ。

「ルイス……私……」

思わずルイスにしがみつく。

怖い。自らに向けられた悪意が酷く恐ろしかった。

「ロティ、不安にならなくていい。君には私がいるだろう?」

「……はい」

ルイスが私の肩を抱き寄せる。温かい手の温度を感じながら、私はなんとか落ち着こうと深呼吸を何度も繰り返していた。

◇◇◇

離宮に戻ってきた私たちは、まずは食堂に集まった。私を案じたルイスがお茶を淹れてくれると言ったからだ。

「ほら、君はカモミールティーが好きだったな？　身体が温まるぞ」

「……ありがとうございます」

カップを両手で持ち、一口啜る。柔らかな味わいが口内に広がり、肩の力が少しだけ抜けた。

ルイスが、チョコレートが盛られた皿を私の前に置く。

「疲れている時は甘いものを食べるといい」

「……はい」

その通りだとは思うが、さすがの私もチョコレートを食べる気にはなれなかった。

なんとか手を伸ばそうとして、止まる。その手を膝の上に戻し、ルイスに言った。

「……今回も……あと、前回の『毒入りクッキー』も、狙いは私だったんですね」

「ロティ。それは――」

ルイスが焦ったように口を開く。多分、私が傷つかないよう誤魔化そうとしているのだなと気づき、首を横に振った。

「いいんです。……そういう可能性もあるだろうなとは思ってましたから」

前回の『毒入りクッキー』事件を思い出し、息を吐く。

あの時ルイスに、犯人は彼を狙ったものだったと聞かされ、私は安堵《あんど》した。だけどおかしいなとは思っていたのだ。

皆がいない不自然なタイミングでの毒の混入。どう考えたって、食べさせたい相手は離宮に残った私ではないのか、と。

だけど私はそれを信じたくなかった。ルイスが違うと言うのなら、それに縋りたかった。

だから気づかない振りをして、ここまで来たのだ。

見たくないものに蓋をした。それは、間違いなく私の意思だ。

「前回も今回も、狙いは私。御者は宰相に命じられたって言ってましたよね？　やっぱり、私が邪魔だということですか？」

「……そうだ」

誤魔化しは利かないと理解してくれたのか、ルイスは素直に頷いた。

「どうして……あの時、本当のことを教えてくれなかったんですか？」

「君は心身共に酷く弱っていた。その状態の君に命を狙われたとは言いたくなかった。しかも、私のせいで」

「ルイスのせいではないでしょう？」

どうしてそうなるのか。目を瞬かせた私にルイスは力なく首を振った。

「私の婚約者になったから狙われたのだ。私のせいで間違いないだろう」

「いえ、間違いなく悪いのは、逆恨みしている方だと思います」

きっぱりと告げた。

ルイスは全然悪くない。

そもそもルイスの婚約者になったのは父、ひいては国王からの打診で、彼は全く関わっていないのだ。まあ、希望は言ったらしいけど、それは条件の話で、直接私を指名したわけではない。

それを知っていて、ルイスを恨むなどできるわけがなかった。

「ルイスは何も悪くないです」

もう一度告げる。狙われたこと自体は怖かったが、そこははき違えて欲しくなかった。

ルイスがパチパチと目を瞬かせ、近くの椅子を引き寄せ、ぽすんと座る。

「……ああ、君がそう言うのならそうだろうな」

「そうですよ」

なんだか空元気が出てきた気がしたので、もう一度チョコレートに手を伸ばしてみた。適当に摑み、口の中に放り込む。ストロベリーが混じったチョコの甘い香りが広がった。

「あ、美味しい」

美味しいと感じることのできたことに少しテンションが上向きになる。続けていくつか食べた。甘みが混乱したままだった頭に染み渡っていく気がする。

「ただいま、戻りました」

無言でチョコを食べ続けていると、警邏隊のところに残っていたアーノルドが帰ってきた。

彼は迷わず食堂にやってきて、私たちに向かって頭を下げた。

「殿下」

「報告を」

椅子に座り直したルイスが短く告げる。アーノルドは頷き、口を開いた。

「どうやら彼らは一週間ほど前から襲撃の機会を窺っていたようですね。ただ、離宮にいる間は難しいと彼らは判断した。当然ですよね。僕たちもいるし、離宮の外には警備もいる」

「あのクッキー事件のあと、外の警備メンバー全員入れ替えたもんね。親父と宰相の息がかかっていないやつらに。そりゃ、襲撃なんてできないよね」

アーノルドの言葉に、カーティスが楽しそうに答える。私はといえば、警備の入れ替えをしていたことなど全然気づいていなかったので驚いていた。

「えっ、警備の人たち……替わっていたんですか？　いつの間に……」

「前回、毒を仕込まれるような隙ができたのは、団長たちが、わざと警備の数を減らしたからだ。団長と宰相は繋《つな》がっている。特に団長は近衛兵を動かせるからな。彼が部下である兵士たちに命じれば、彼らは退く。当然だ」

ルイスが渋い顔をしながら答えてくれた。わざと警備を減らされたと聞き、確かにそれでは信頼などできないなと納得した。

「そういうわけだから、離宮の警備は少し前から私兵を雇うことにしている」

「私兵……ですか」

「費用は父上——国王陛下から出ている。君が狙われた話をしたら、個人で私兵を雇えと勧めてくれたのも父だ」

「……」

「それだけ父も私も、宰相と宰相に付き従う団長を信じていないということでもある」

「……」

「それではいけないのだろうがな……。本当は彼らを早く捕らえてしまいたいのだが、なかなか尻尾を摑ませない。今回のことも、すでに握り潰されたあとだろう。……アーノルド」

「殿下のおっしゃる通りです」

話を振られたアーノルドが苦々しげに頷く。

「彼らの尋問中に上から連絡が入ったのでしょうね。皆、急に態度を変え『これ以上の尋問はここでは行わない。あなたにも出ていってもらいたい』と追い出されてしまいましたよ。十中八九宰相の手の者からの連絡だったのでしょう。まあ、聞きたいことは大体聞き出せましたから大人しく帰ってきましたが」

「そうだろうな」

「彼らは離宮の襲撃は難しいと判断し、今日という日を狙った。昨日決まったばかりの外出。それを漏らしたのは御者でした。彼には昨日のうちに今日の予定を伝えましたからね」

「そうして彼は利用されたと、そういうことだろうな」

「はい。宰相に逆らうなんてできないでしょうからね。そして今日の帰り道、あの襲撃された場所へと彼は僕たちを連れていった。襲撃者たちは可能ならばシャーロット様を殺せ、最低でも大怪我をさせろと言われていたようですよ」

「……そうか」

ルイスが考えるように目を瞑る。

「……ロティ」

「は、はい」

名前を呼ばれ、返事をした。

「大丈夫か？」

「えっ……」

「先ほどまでずっと震えていただろう。今またこんな話を聞いて大丈夫だったか」

「……そう……ですね」

私は視線を下げ、曖昧に笑った。思うところを正直に告げる。

「大丈夫だ、とは言えませんけど、知らない方が怖いなと今は思いますから。知っていたら多少の警戒もできますし。それにきっと……これで終わりではないのでしょう？」

宰相はルイスの婚約者という立場にいる私のことが気に入らないのだ。だから、襲撃がこれで終わるはずがない。私が彼の婚約者でなくなるか、死ぬまで続くのだろうと分かっていた。

ルイスも渋い顔をし、頷いている。

「終わらないだろうな。あれはマムシのようにしつこい男だ」

「やっぱり。でも、それなら余計に狙われているからってずっと怯《おび》えていたくないなって思うんです」

「……ロティ、すまない」

ルイスが眉を下げ、頭を下げる。

「謝らないで下さい。ルイスのせいではないと言ったでしょう?」

「いや……謝らせてくれ。これからも狙われ続けると分かっているのに、私は君に『婚約者をやめていい』とは言ってやれないのだから」

「ルイス……」

頭を下げたルイスをまじまじと見つめた。

彼は顔を上げ、困ったように言う。

「もうとっくに私は引き返せないところに来ているんだ。たとえ君が命を狙われていると知っても、手放せないところまで。本当は、前回の毒の時にでも婚約を解消してやれれば良かったんだろうが、分かっていても私はできなかった。もちろん今もだ。……どう足掻いても君を離してやれない私をどうか許して欲しい、ロティ」

「……」

「君を愛しているんだ」

パチパチと目を瞬かせる。言われた言葉を理解し、じわじわと顔が赤くなっていった。

ルイスが私を好きなのはさすがに分かっている。だけど、こんな風に言われるとは思わなかったのだ。

命を狙われていると分かっていても、手放せない。嫌なのだと聞き、胸に宿ったのは歓喜の感情だった。

「わ、私……」

「ロティ！　大丈夫だった⁉」

何か言わなくては。

そう思い口を開こうとしたところで、玄関の方から大きな声が聞こえてきた。

声の主は、最近毎日のように会っていた友人――ベラリザだ。

彼女はすぐに私たちがいる場所を突き止めると、こちらにやってきて、私の手をギュッと握った。

「ごめんなさい、父が馬鹿な真似を。何か企んでいるとは思っていたけれど、まさかそれが今日だなんて知らなかったの。さっき、屋敷に帰った時に父がずいぶんと苛立っていて、『また失敗した』って呟いていて……。生きているのは分かったけど、大怪我でもしていないか気が気でなくて、そのままこっちに飛んできたのよ！」

「べ、ベラリザ……。わ、私は大丈夫だから」

「本当にごめんなさい。怪我は？　怪我はしてない？」

「してない。誰も怪我なんてしてないから。ね？」

元気だと笑ってみせる。

最初は疑わしげな顔をしていたベラリザだったが、私が怪我をしていないと納得したのか、ほっと息を吐き、手を離してくれた。

そうしてルイスたちを見回し、鋭く言う。

「それで――父が一体何をしたか、私にも教えていただけますか？」

彼女の怒りが伝わってくる。アーノルドが代表し、簡潔にではあるが先ほど起こったことを話した。ベラリザは憤怒《ふんぬ》の形相で、綺麗な顔が台無しだ。

「あの……クソ男……よくも私の友人を……死ねばいいのに……」

「べ、ベラリザ、落ち着いて。あなたのお父さんのことでしょう？」

己の父親を『クソ男』と呼び、怨嗟《えんさ》の言葉を吐くベラリザを宥《なだ》める。彼女はイライラとしながら私に言った。

「あんなの！　クソで十分よ！　いつだって自分のことしか考えてない。今だってロティを殺して、私を殿下の妃にすることしか考えてないんだから。そんなの誰も望んでなんてないのに！」

苛立たしげに叫んだベラリザは、今度はルイスを睨みつけた。

「殿下も殿下です！」

「は？」

まさか自分に飛び火するとは思わなかったのか、ルイスがポカンと口を開け、ベラリザを見た。

彼女は腹立たしげに口を開く。

「あんなに分かりやすく、外堀を埋めてロティにマーキングしたくせに、それを使わないなんて馬鹿じゃないんですか⁉　いい加減、父に現実を見せつけてやればいいんです。もう、妃の座は埋まっているんだって。お前の娘が入る隙はないんだって！　どうしてそれをしないんですの⁉」

「……」

「そうしたら少なくともロティが狙われることはなくなる。いや、なくならないかもしれないけど、激減はするわ。だって、決まってしまったのだもの！」

そう叫び、ベラリザはルイスを再度睨んだ。睨まれたルイスは、ぽけっとして――次に名案を聞かされたという顔をした。

「そう、か！　確かにそれは効果的かもしれない」

「あら、今まで気づきもしなかったんですの？　無能ですわね」

はんっとベラリザが鼻で笑う。ルイスがそんな彼女に苦笑した。

「君はいつも辛辣だな」

「単なる事実かと。で？　どうして今までやらなかったんですか？　まさか本気で気づいていなかった、なんて言いませんわよね？」

どうなんだと、ベラリザは挑戦的な眼差《まなざ》しでルイスを見た。

彼は気まずげに頬を掻く。

「いや、気づいていないことはなかったんだが……まあ、宰相に会わせたくなかったというのが主な理由ではある。あとは、まだ儀式は完了していないんだ。だから――」

「何をおっしゃっているのだか。完了していなくても、ここまですれば同じようなものでしょうに」

「……」

「どうせあなたのことですから、完全に自分のものにしてから見せつけたかっただけなんでしょうけど。ですが、今はそんなことをしている場合ではないというくらい分かっていらっしゃるでしょう？」

「ああ、分かっている」

「なら、さっさと行動なさって下さい。でなければロティがあまりにも可哀想です！」

ビシリと指を突きつけ、ベラリザは食堂にあった時計を見た。

「この時間ならまだ陛下もお会い下さるでしょう。うちの父も……呼び出せば来るでしょうね。何せずいぶんと怒り狂っておりましたから。さあさあ、さっさと準備をなさって。鉄は熱いうちに打てと言います。今すぐ、王宮へお向かい下さいな」

「今から？」

ベラリザの言葉に私も驚いた。

もう早めの夕食と言っていい時間帯。こんな時間に王宮を訪れろだなんて常識知らずにもほどがある。

だがベラリザは退かなかった。

「緊急とでも言えばいいでしょう。もちろん、ロティ、あなたも行くのよ」

「わ、私も？」

「当然じゃない。あなたがいなければ証拠を見せられないもの」

「？」

証拠、と言われても私には何がなんだか分からない。ルイスを見ると、彼は何か悩んでいたようだが、それを振り切るように立ち上がった。

「ロティ」

「は、はい」

「悪いが準備をしてくれ。――今から父上に……国王陛下にお会いする」

◇◇◇

今自分に何が起こっているのかさっぱり分からないまま、私はルイスに着替えさせられた。

国王に会うので盛装用のドレスだ。ルイスも装飾のない変装用の服から、いつもの王子らしい服装に着替えている。準備をしている間にアーノルドが王宮に走り、国王に面会許可を取ってきた。

「ルイス、こんな時間に私に会いたいとは、一体何があった？」

ルイスと共にやってきたのは、王宮の奥にある国王の私室だった。国王は寛いだ様子で大きなソファに座っている。その隣には宰相がいた。痩せていて背もそんなに高くないのに、存在感がある。小さな目は以前見た通りギラついていて、正視するのが恐ろしいくらいだ。

「宰相も呼べという話だったが」

「ええ、父上。ありがとうございます。これからする話は是非、宰相にも聞いてもらいたかったので」

言いながらルイスが宰相を睨《ね》めつける。宰相はそれを平然と躱《かわ》していた。

「で？　私まで呼び出して、殿下は一体なんのお話をするおつもりで？　ええ、私も暇ではないのです。さっさと済ませていただきたいところですな」

やれやれとため息を吐く宰相に、ルイスは厳しい声で言った。

「暇ではない。ああ、そうだろうな。お前はこれから目撃者と計画の実行犯の口を塞がなければならないのだから。それは確かに暇ではないだろう」

「どういうことだ、ルイス」

ルイスの言葉に、国王がソファから腰を浮かせ、反応した。ルイスが冷たい声で応じる。

「言葉通りですよ、父上。今日、私たち――いえ、正確には私の婚約者であるロティが町中で襲撃されました。数は十人以上。目的は、彼女の抹殺。首謀者は宰相です」

「でたらめだ！　私がやったなどという証拠はどこにもない！」

即座に宰相が否定した。声を荒げ、己の無実を訴える。だが、ルイスは追及の手を緩めなかった。

「御者がお前の名前を出したが？　それに警邏隊に箝口令《かんこうれい》を敷いただろう。おかげで警邏隊の面々は急に口が重くなってしまったらしい」

「……その御者は、私と誰か別の人物を間違えたのでしょうな。残念な話ですが、私はかなりの人数に恨まれていましてね。もしかしたら、罪をなすりつけられたのかもしれない……いえ、きっとそうでしょうな。んんん、狙われるというのは恐ろしいことです。殿下のご婚約者も命を狙われたとのこと、同情致しますぞ」

「……」

視線を向けられたが、何も答えなかった。だって私には事情が分からない。そんな私が何か話したところでルイスの有利になれることを言えるとは思えなかった。

沈黙は金なり。

ルイスがどうして私をここに連れてきたのか理由は不明だが、きっと意味があるのだろう。それまでは大人しくしていようと思った。

「お前が命じたくせに、よくもまあヌケヌケと」

「そんな事実はどこにもありませんな」

「どこまでも愚かな男だ。そんなにお前の娘を私の婚約者にしたいのか」

ルイスの言葉に、宰相はぱあっと顔を輝かせて頷いた。

「ええ、ええ！　その通りです。私は娘と殿下の縁を願っているのですよ。そのことは陛下にもお願いしたのに聞いていては下さらなくて」

「ルイスにはすでに婚約者がいる。公爵家の娘で身分も問題ない。年もちょうどいい。仲も良いとくればお前の娘を新たな婚約者として据える理由がないではないか」

そう告げる国王の顔はうんざりしていた。

だが、宰相は気にせず勝手に喋り始める。

「シャーロット嬢を不足と言うのではありません。我が娘の方が相応しいと、ええ！　そう言っているだけですよ。殿下、ちょうどいい機会だ。改めて言いましょう。その娘との婚約は取りやめ、私の娘と婚約なさいませ。そうすればきっと運気も上昇。不幸な事故も起こらなくなりますとも」

「なるほど。ロティを捨て、己の娘と婚約すれば無事は保証してやると。――だが、宰相。悪いがそれは不可能だ」

ルイスが宰相に鋭い目を向ける。宰相ははて、とわざとらしく首を傾げた。

「不可能とはどういう意味でしょう」

「ロティの中には私の魔力玉がある。――『変眼の儀』はすでに執り行われた」

「は？」

その時の宰相の顔は見物だった。

ポカンと馬鹿みたいに口を開き、小さな目をこれでもかというほど見開いている。

何を言われたのか分からない、いや、分かりたくないという顔だった。

「ルイス、それは本当か？」

言葉を失った宰相の代わりに、国王が尋ねてくる。彼もまた酷く驚いていた。

私はといえば、彼の言葉に首を傾げるばかりだ。

――『変眼の儀』ってあれよね。予行演習とか言ってた……確かまだ終わってなくて、本番があるとか……。

確かそんなことを言っていた気がする。

予行演習しただけだというのにどうして皆がそんなに驚いているのか。不思議に思っているとルイスが言った。

「私が長く溜め続けた魔力玉はロティの中。それがどういうことなのか、宰相、『変眼の儀』をよく知るお前なら分かるだろう」

「……」

宰相は答えない。ただ、酷く悔しそうな顔でルイスを睨んでいた。

「王族が婚儀をあげる際に必要な『変眼の儀』。その儀式を行うには、結婚する王族の魔力を最低でも十年以上溜めた魔力玉がいる。魔力玉はもう一度作ろうと思えば作れるが、一からやり直しになるわけだから、次に結婚するまで最低十年はかかるわけだ。つまり、お前の娘と結婚するのなら、少なくとも十年後。女性には失礼な話だが、結婚適齢期はすでに過ぎているだろう。お前は婚期を過ぎたような女性と私を結婚させようというのか?」

――え? 魔力玉? 十年かかる? 何それ……。

初めて聞いた話に耳を疑った。そんな話は知らない。

『変眼の儀』という儀式について、私は『目の色が変わる』という最低限の情報しか知らないということをまざまざと思い知らされた気がした。

魔力玉に、その精製に十年かかるという話。何もかもが初耳だった。

そもそも魔力玉とは何なのか。話の流れ的にルイスが予行演習の時にくれた紫色の飴がそうなのだとは推測できるが、それが何を意味するのか、私には全然分からなかった。

宰相が私をものすごい勢いで睨みつけてくる。

「……この女に魔力玉を渡したという、証拠は……」

「証拠、か。ロティ。私が君に渡したものの形状とその味を言ってくれ」

「えっ」

話を振られ、動揺する。それでもなんとか口を開いた。

「え、えっと。紫色の飴玉、でした。味はその……ほんのり甘いって感じで」

「それを食べたあとの変化は？」

「……次の日に、目の色が変わりました。今は元の色に戻ってますけど、ルイスと同じ紫色に
──」

「でたらめだ！　適当なことを言っているにすぎない!!」

宰相が怒鳴り声を上げる。それにビクついていると、ルイスがまるで私を庇うように私の前に立った。

「でたらめだと？　ははっ。嘘だと思うのなら、それこそお前の娘に聞けばいい。毎日私の離宮に通わせていたのだろう？　彼女はロティの目の色が変わったところを見ているぞ」

「……娘が？　まさか……そんなこと、娘は一度も……」

「親として、信用されていないのではないのか？　親子関係を一度見直すことをお勧めするぞ」

痛いところを突かれたのか、宰相が顔を歪める。

「この……前世などとうそぶく気狂《きぐる》い王子が……お前などに言われたくないわ。せっかく私の娘と結婚させてやろうというのに」

「さて、私が誰と結婚するのか、決めるのはお前ではなく父だ。この国の国王は父なのだからな。そして父が決めた相手に、私は満足しているし、彼女以外と結婚する気もない」

そう言い放ち、ルイスは後ろを振り返った。目が合う。

「ロティ」

「は、はい」

どうして名前を呼ばれたのか分からないまま返事をする。ルイスは私の手を引き、隣に立たせた。

「彼女が私の妃だ。『変眼の儀』が執り行われている以上、その事実は変えられない。……分かったら、金輪際くだらない企みはやめてもらおうか。魔力玉がロティの中にある以上、お前の娘を選ぶ日が来ることはないのだからな」

「っ！」

宰相は一瞬、私をものすごい目つきで睨んだ。そうして一言も言わず、部屋を出ていってしまう。

ばたん、と大きな音を立てて扉が閉まった。張り詰めていた空気が急激に和らいでいくのが分かる。

「……ルイス」

「すまない、ロティ。だが、実際に君を見せた方があの男にダメージを与えられると思ったんだ」

「それは……構わないのですけど」

できれば説明して欲しい。そういう思いで彼を見上げていると、それまで黙ったままだった国王が閉まった扉を見つめながら上機嫌に言った。

「アレの焦った顔など久々に見たわ。いや、実に小気味よかった」

ククッと楽しげに笑う国王に、ルイスも同じ表情で同意した。

「ええ。まさか私がすでに儀式を執り行っているとは思わなかったのでしょうね」

「それについては私も驚いているぞ。普通、『変眼の儀』は条件が全て揃ってから行うものだからな」

条件とはなんだろう。

また私の知らない話が出てきたと思いながらも、国王と王子の会話に口を挟めるわけがないので黙っておく。

ルイスが隣にいた私の腰に手を伸ばし、引き寄せてきた。予想していなかった動きなので、少しバランスを崩してしまった。

「わっ……」

ルイスにもたれかかると、彼はにっこりと私に向かって微笑んだ。そうして何事もなかったかのように国王と話を続ける。

「別に駄目というわけではないでしょう。最終的に条件が揃えばいい。違いますか?」

「……確認しておくが、まだ条件は揃っていないのだな?」

「ええ、残念ながら。もう少しだとは思うのですが、まだ途中段階です。その証拠に、まだ彼女の目の色は元のままだ」

「確かに、そうだな」

国王がソファから立ち上がり、私の目を覗き込んでくる。興味深げな表情だ。

「……条件、整えられるのだろうな?」

「ええ、もちろんです。多分、もうすぐだと思いますよ。私としては、それから報告したかったのですが……まあ、こういう状況ですので」

「……あやつがシャーロット嬢を狙ったと言っていたな。確かに報告を受けるのなら、きちんと儀式を終えてからの方がよかったが、そういうことなら仕方ない。アレも諦めるだろう」

「だと良いのですが」

国王が同情するように笑う。

「アレのことは、これ以上考えてもどうしようもない。お前はお前の為《な》すべきことをしろ。――できるだけ早く、儀式を完遂することを願っているぞ」

「はい」

国王に一礼し、ルイスが私の手を握る。

「帰るぞ、ロティ」

「は、はい。陛下、御前を失礼致します」

慌てて頭を下げ、歩き始めた彼に続く。

国王の私室を出て、城の入り口に向かって歩く。その間、ルイスは何も言わなかったし、私も口を噤んでいた。

聞きたいことはいくらでもあったが、今、話していい話題でないことくらいは分かっていた。だって、『変眼の儀』は王族の儀式だ。その詳細について、誰が聞いているかも分からない場所で話していいわけがない。

王宮の入り口で待機していた馬車を見つける。その前にはアーノルドが立っていた。

「お疲れ様です、殿下。お話はお済みですか?」

馬車の扉を開けながら、アーノルドが聞いてくる。ルイスは私を先に馬車に乗せながら頷いた。

「ああ、これで宰相がロティに手出しすることはなくなるだろう。アレは昔から無駄なことはしない。己の娘を嫁がせるのなら、最低でも今から十年はかかると分かったんだ。違う手を使ってくるだろう」

「確かに。たとえ十年待ったとしても、十年後には宰相のご令嬢は婚期を遠く過ぎている。さすがに子が必須の王太子と結婚させるのは難しいでしょうしね」

うちの国では、女性の婚期は十六歳から二十二歳くらいまでと言われている。

それを過ぎれば、まともな結婚は望めないというのが定説だ。

二十歳も年の離れた男と結婚とか、容姿や性格に難がある男が宛がわれることが多い。

普通に結婚したければ、さっさと父親の見つけてきた男と婚儀をあげるのが一番。

貴族の娘は皆、それを知っている。変に断りでもすれば、どんどん結婚相手のランクは落ちていく。それも当たり前だろう。父親が娘のためにと適齢期になるまでに一生懸命見繕ってきた相手なのだから。つまり、最初に提示された男性と結婚するのが一番幸せになれるのだ。

もちろんそれは貴族の話で、庶民は当然違う。

三十歳を過ぎても結婚できるし、するのが普通だが、それは貴族の娘には当てはまらないということだ。

アーノルドはルイスの話が理解できているようで、スムーズに会話が進んでいる。皆が馬車に乗り込み、動き出したのを確認してから私は口を開いた。

「あの……ルイス」

「どうした、ロティ」

アーノルドとの会話を中断させ、ルイスが私に顔を向けてくる。その気はなかったが結果的に話を遮ってしまったことを謝ってから私は彼に頼んだ。

「できれば私にも分かるように説明していただけませんか？　魔力玉とか、それが十年かかる、とか。正直、色々と初耳なことばかりで戸惑っているんです」

「……そうだろうな。普通は知ることのない話だから」

私の疑問に、ルイスは然《さ》もありなんとばかりに頷いた。そうして私に向き合う。

「この話を知る者は、そう多くはない。政治の中枢部に関わる者たちくらいだろうか。たとえ公爵家の当主だとしても、政治にあまり関わっていないのなら知らないと思って間違いない」

ルイスの言葉に、理解したという意味を込めて頷いた。

それなら、間違いなく父は知らないだろう。長く続いた公爵家の当主とはいえ、父の仕事は領地経営が殆どで、政治に直接関わるようなことはしていないからだ。

「宰相が知っているのは、当然その地位から。アーノルドたちが知っているのは、長く私の補佐を務めているから。ちなみにベラリザ嬢も知っている。当然、父親である宰相が教えたのだろうな」

「……はい」

私だけが知らなかったということに腹は立たない。それぞれ立場があり、その立場により知ることが異なるのは当然だからだ。

政治の中枢に関わらない父が知らないことを私が知るはずもない。そういうことだ。

「私は普通なら知る立場にないいんですね？」

「そうだ」

確認すると肯定が返ってきた。

「だが、君は私と婚約したことにより、知る立場——いや、当事者になった。説明しよう。『変眼の儀』とは婚姻する王族が自らの体内で十年以上かけて精製する魔力の玉——魔力玉、それを婚姻相手に食べさせることで、相手を自らの色に染める儀式なんだ」

「魔力の塊……私が食べたあの紫色の飴がそうだと？」

「ああ」

「それを作るのに十年以上かかる……んですか？」

「最低十年、だな。私の場合は六歳くらいから始めたから十二、三年といったところか」

平然と告げられる事実にクラクラした。

「王族の結婚は早いことが多い。結婚時には必ず『変眼の儀』を行わなければならないのだから、早めに精製を始めるのが当然。六歳から精製を始めれば、十六歳で結婚が可能。そういうことだな」

「それを私が食べた、と。そういうことですね？」

「その通りだ」

大きく頷かれ、唖然とした。思わず己の腹を押さえる。

「つ、つまり、ルイスには魔力玉はもうないと、そういう？」

「君の中にあるぞ。まあ、新たに作ろうと思えば、また一からやり直しになるな。君を逃せば私の婚姻時期は少なくとも十年以上先になるわけだ」

「……」

開いた口が塞がらないというのは、まさにこういうことを言うのだなと思ってしまった。

なるほど、ようやく話が呑み込めた。

宰相がどうしてあんなにも怖い顔をして私を睨みつけていたのか。

ルイスが私と『変眼の儀』を行ってしまったから、実質上彼の娘とルイスとの結婚はなくなった。それを理解したからだ。

私と婚約破棄させて、ベラリザと婚約し直したとしても、すぐに結婚することはできない。

何故ならルイスには魔力玉がないから。作り直すのには新たに最低十年。

十年も経てば、ベラリザは完全に行き遅れだし、周囲も間違いなく反対する。世継ぎのためにもっと若い、それこそ結婚適齢期の娘をと言うはずだ。

私がルイスの魔力玉を食べたことにより、彼女との結婚の可能性は事実上消滅した。つまりはそういうことなのだ。

これでは確かに宰相が私を狙う理由はなくなる。私を退場させたところで、彼の娘を、というわけにはいかないのだから。

「宰相には娘がひとりしかいない。妹でもいれば話はまた違ったのだろうがな。ベラリザは『変眼の儀』について君よりも詳しかった。だから君がすでに『変眼の儀』を受けていることに気づいたんだ。……アーノルド、そうだな？」

話を振られたアーノルドが頷いた。

「はい。彼女と話す機会がありましたがその時に。何度かシャーロット様の瞳の色が変わったのを目撃した、とおっしゃっておられました」

「えっ……？」

咄嗟《とっさ》に己の目を押さえた。

あの最初の時に目の色が変化して戻って以降、ずっと元の色のままだと思い込んでいたからだ。でも、そうではなかったと、そういうことなのだろうか。

「アーノルド様？」

「すみません。あなたは気づいておられないようでしたが、数日に一度ほど、色が変わっているんですよ。大概は三十分もすれば戻りますし、特に言う必要はないかと思いまして」

悪びれなく教えられ、唖然とした。

「えっ……知らなかった」

「それは『変眼の儀』が完了していないからこそ起こっている現象だ。きちんと完了すれば、コロコロ色が変化することはない。私の色に染まって終わり、だ」

「そ、そう……ですか」

なんとか頷いた。そうしてずっと疑問に思っていたことを聞く。

「ルイス。つまり私が食べたあの紫色の飴は『変眼の儀』に必要な魔力玉で間違いなくて、予行演習なんかではなくて本番だったってことなんですね？」

「まあ、そうだな」

「どうして予行演習だなんて言ったんです？」

それだけは理解できなかった。ルイスと結婚することはとうに納得しているのだ。本番だったのならそう言ってくれれば良かったのに。

「前にも言っただろう。まだ儀式は途中だ、と」

「はい。それは聞きましたけど」

国王にもそう言っていた。思い出し頷くと、「そういうことだ」とルイスは言った。

「途中。終わっていないんだ。だから君には予行演習みたいなものだと言った。変に緊張されても困るからな」

「それはそうでしょうけど……あ、じゃあどうすれば完了できるんですか？」

私は気づいていなかったが、目の色がコロコロ変わるようなのはどうかと思うのだ。どうせ変わってしまうのならさっさと済ませてしまいたいと考えたのだが、ルイスは困ったように笑い、私を見つめてきた。

「ルイス？」

「……まだ、だな」

「まだ、ですか？」

「ああ。いや、私の勘ではそろそろかなと思うのだが」

「？　教えてはくれないんですか」

中途半端に言われると、逆に気になる。そう思ったのだが、ルイスは笑って言った。

「そうだな。やめておこう」

「ええ？」

「教えてはいけないというわけではないのだが……多分、それを知ったら全てが台無しになってしまうと思うから。だから君には言わないでおく」

「……それ、余計に気になるんですけど」

今の心境を正直に告げると、ルイスは私の頭を手でくしゃくしゃとかき混ぜた。

「悪い。だが、完了したら教えるし、その時でよければ何が条件だったかも教えるから」

「……分かりました」

納得できたわけではないが、ルイスがそこまで言うのならと退くことにした。

ちょうどそのタイミングで馬車が停まる。どうやら離宮に戻ってきたらしい。

御者が馬車の扉を開ける。アーノルドが先に降り、その次にルイスが降りた。私は彼のエスコートを受け、最後にタラップを踏む。

「まだ考えなければならないことはあるが、とりあえず解決したということにしよう。ロティ、腹は減っていないか？　夕食も取らないまま王宮へ向かったからな。急いで何か作ろう」

「っ！」

夕食という言葉を聞いて、自分が酷く空腹であったことを思い出した。

ルイスの言う通り、今日は買い食いのあとは、軽くチョコレートを摘まんだだけだったのだ。空腹に気づいたお腹が急に情けない音を立てる。

「も、申し訳ありません……」

さすがに恥ずかしくて俯いた。ルイスはそれに笑ったりせず、笑顔で私を馬車から降ろしたあと、腕まくりをするポーズを取った。

「それでは、少し時間はもらうが君のために腕を振るうとするか。楽しみに待っていてくれ」

◇◇◇

「お帰りなさい、ロティ。面会は上手くいったのかしら」

食堂に行くと、そこには何故かベラリザがいた。

彼女は優雅に紅茶を飲んでいる。隣にいる彼女の使用人に用意させたのだろうことが一目で分かった。

「勝手に茶葉を使わせてもらったわよ。だって喉が渇いたんですもの。仕方ないわよね」

「それは構わないが……帰っていなかったのか」

私も驚いたが、彼女が残っていたことにルイスも吃驚していた。カップをソーサーに置いたベラリザは綺麗に整えた眉を吊り上げ、彼に言う。

「当たり前でしょう。面会がどうなったのか、聞きたいもの。帰れとも言われなかったし、待っていたわ」

そうして何かに気づいたような顔をし、ルイスに言った。

「ところで私、このまま屋敷に帰ると、間違いなく夕食を食いっぱぐれることになるのですけど。お優しい殿下、この可哀想な私にお恵み下さいますわよね？」

その顔が、夕食を食べたいと言っている。

彼女はまだお菓子しか食べたことはないが、ルイスの腕前が玄人はだしであることを知っている。前に、今度は夕食も食べてみたいと言っていたから、有言実行することにしたのだなと勘づいた。

彼女のそういうところは、私は嫌いではなかった。いや、むしろ好きだ。

ルイスは嫌そうに顔を歪めたが、腰に両手を当て、結局はため息を吐いて了承した。

「分かった。良いだろう。今日は、君が背中を押してくれたおかげで助かったのだからな。その礼ということで一緒に作ってやる」

「まあ、言ってみるものですわね！」

やったわ、と手を叩いて無邪気に喜ぶベラリザに、「ただし、リクエストは受けつけない」とルイスがビシリと言い、隣の厨房に消えていった。

ルイスが食事の支度を始める音が聞こえてくる。私もそちらへ行こうかなと一瞬思ったが、友人がいるのに彼女を残していくのは失礼だと思い、今日はここで彼女の話し相手を務めることにした。

「ねえ、それで？　面会には父もいたのでしょう？　どんな感じだったのか、教えてちょうだい！」

キラキラと目を輝かせながら尋ねてくるベラリザに、どこまで話してよいものかと悩んでいると、アーノルドが助け船を出してくれた。

「僕たちと同様、彼女も知っていると言ったでしょう？　話してもらって構いませんよ」

「！　そうですか。それなら……」

アーノルドの言葉に頷き、国王たちと会った時のことを思い出しながら話す。

宰相がルイスに見事言い負かされ、怒って部屋を出ていったと言うと、彼女は何度も手を叩いて喜んだ。

「さいっこう！　最高だわ！　今頃、屋敷でさぞ怒り狂っているのでしょうね！　いい気味だわ！」

「いい気味って……」

「いつも家で威張り散らしている父が、自分の思い通りにならず悔しがっているのよ？　これがいい気味でなくてなんだというの！」

「でも……ベラリザ、夕食を食べたら屋敷に帰るんでしょう？　宰相にその……何か言われたりしない？」

宰相のことは正直どうでもいいが、ベラリザは私の友達だ。彼女が父親に怒られたりしないか心配だった。

だが、ベラリザは平然と言った。

「大丈夫よ、いつものことだし。それに部屋に戻ったら鍵をかけておくもの。父は部屋に入れないわ。せいぜい扉の外でうるさく騒ぐくらいよ」

「それ、大丈夫じゃないじゃない……」

部屋の外から父親の怒鳴り声が聞こえてくるとか、恐怖しかないと思うのだけれど。

本気で彼女を案じていたのだが、ベラリザはニコニコと上機嫌で、全く気にしていないようだった。

「いいのよ、本当に。……でも、ロティ。心配なのは私よりもあなただわ。父は、やられっぱなしで黙っているような人じゃないの。だから気を抜かないで」

「えっ……でも、もう私を狙う理由はないんでしょう？　その……魔力玉の問題で」

「それはそうなのだけれど、プライドを傷つけられた父に常識的な判断ができるとも思えないし、気をつけるに越したことはないと思うの」

「その通りだな」

話し込んでいると、トレーを持ったルイスが食堂に入ってきた。どうやら食事の準備ができたらしい。彼は手際良く私とベラリザの前に皿を置き、一度戻ってから自分の分も用意した。

椅子に腰かけながら言う。

「宰相は本当にしつこい男だからな。これで黙っているとは思えない」

「そう、そうなのよ。我が父ながらほんっとうにねちっこいんだから」

その通りだとばかりにベラリザが何度も頷く。そうして今度はルイスに言った。

「殿下も。どうかお気をつけ下さいませ。あなたの妃の座が狙えないのなら、いっそ本人を……なんてことだって父は平気でやりかねないんですから」

「うん？　珍しいな。君が私の心配をしてくれるのか？」

揶揄うようにルイスが言うと、ベラリザは眉を寄せて反論した。

「勘違いなさらないで。あなたのために言っているのではありません。私は私の友人であるロティのために忠告しているのだから」

「もちろん、分かっているとも」

「分かっているのにお聞きになったの？　性格が悪いったら。ロティ、本当にこんな男で大丈夫？　あなたが本気で逃げたいというのなら、私、協力してあげてもよくってよ」

嫌そうに言ってくるベラリザに苦笑を返す。

ルイスとベラリザのやりとりはいつもこんな感じだから、私も真面目に返しても疲れるだけだと知っているのだ。

――本当、相性は悪くないと思うのよね。

もし、ふたりが結婚することになれば、喧嘩しつつも仲良くやっていくのだろう。

一瞬そんなふたりを想像しそうになったが、その妄想がとてつもなく不愉快だと直前に気づき、やっぱりないなと考えを打ち消した。

ルイスが話を変えるように言う。

「さあ、食事にしよう。――食事時に気分の悪い話をするものではない」

「その通りですわね」

ベラリザも同意し、皆でクローシュを開ける。

夕食は、リクエストした通り味噌カツが出てきてとても美味しかったし、ベラリザの未知の食べ物への反応も楽しかったのだが、宰相のことを考えると楽観視できないので、心の奥には変なしこりが残っていた。

そしてその数日後、私の憂いは現実のものとなる。

夜、髪の手入れをしてくれると約束したルイスを待っていた私のもとにやってきたのは、血相を変えたアーノルドとカーティスのふたり。

何事かと慌てた私に彼らが告げたのは、ルイスが何者かに誘拐されたという考えもしなかった出来事だった。

間章　ルイス

夕食の片づけの時、食料保管庫に食材をしまいに行ったタイミングを、見事に狙われた。

現れたのは覆面の男がひとりだけ。

顔を隠していたが、誰なのかは見れば分かる。何度顔を合わせたと思っているのだ。

彼はドゥラン騎士団長。アーノルドとカーティスの父親だ。

「お前も堕《お》ちたものだな」

「……」

団長は何も言わない。ただ、拳を握り、殴りかかってきた。

宰相の子飼い。彼の言うことならどんなことでも聞くと言われているドゥラン騎士団長は、ついに命令されれば誘拐までするようになったようだ。

呆れたと思いながら団長の攻撃を避ける。だが、やはり技量の差は歴然。私もそれなりだと自負してはいるが現役の団長に敵《かな》うほどではないし、なんといっても得物を持っていないのがまずかった。手に持った豚肉の塊を投げつけてみるものの効果はない。

武器を持たない私が騎士団長に勝てる道理がなく、結局私は為す術《すべ》もなく気絶させられた。

◇◇◇

「う……」

頭がグラグラする。息を吸うと、埃《ほこり》が舞った。反射的に咳《せ》き込む。

どうやらどこかの室内に転がされているようだ。両手両足を縄のようなもので拘束されていた。

「ごほっ、ごほっ……」

頭痛がする。気分が悪い。

それと同時に気絶する直前のことを思い出した。ひとりになった瞬間を狙われ、ドゥラン騎士団長に襲われたのだ。ということは、そのまま誘拐されたのだろう。多分、そうなるだろうなと予想はしていたが、想像通りすぎて、逆に吃驚だ。

「おや、目覚められたようですな、殿下。それは重畳」

人を小馬鹿にする独特の喋り方にやはりと思いながらも、その人物を見上げる。

「デルレイ宰相……やはりお前か」

思った通りそこには今回の首謀者であるだろうデルレイ宰相が立っていた。その横には覆面を取ったドゥラン騎士団長がしかめっ面をして控えている。

「お久しぶり……というほどでもないですが、まあ久しぶり、ということに致しましょうか。良い格好ですな。とても、とても見窄《みすぼ》らしい」

「お前たちのおかげでな。一応聞いておくが、これはどういうことだ。王族の誘拐は例外なく処刑。それはお前たちも分かっているだろう」

宰相職を長く務めている彼がそれを知らないはずがない。だが、宰相は平然としていた。

「ええ、ええ、もちろん存じておりますよ。ですが、それはバレたら……の話。バレなければいいんです。完璧にことを行えば、何も証拠は残らない。故に、あなたを殺しても何も問題がないということになりますね」

「私が『変眼の儀』を行ったことが、そんなに腹に据えかねたか。いい気味だ」

私がロティに『変眼の儀』を施したのは、彼女に対する独占欲からで、宰相に対する攻撃のためではなかった。だが結果的に、彼女に魔力玉を渡したことが、宰相の不満を爆発させることに繋がった。

娘を娶《めと》れない私は、彼にとっては要らない王子だろう。近々、殺しに来るだろうと考えていたが、思っていたより早かった。よほど腹立たしかったとみえる。

「ずいぶんと落ち着いていらっしゃいますが、あなたはこれからご自分がどうなるかご存じではない？」

私が焦りもせず、落ち着いているのが気に入らないのだろう。不快げに顔を歪めている宰相を面白く思いながら思うところを答えた。

「そうだな。こんなところまで連れてきたんだ。無事で返すつもりはないだろうし……ふむ、殺すのだろうな。そしてそんな場にお前もいるというのは……そうだな。それだけ私のことが嫌いだということだろう」

「……ご自分の立場をよくお分かりで」

「小物の考えることなど、簡単に想像がつく」

「っ！　ドゥラン！」

わざと煽《あお》ったのだが、見事に宰相は引っかかった。短く団長の名前を呼ぶ。彼は無言で私の顔を蹴った。

「ぐっ……」

手足を縛られているので、防御姿勢すら碌に取れなかった。頬の辺りに痛みが走る。加減はしたのだろうが、かなり痛い。口の中を切ったのか、血の味が広がった。

「あなたの生死は私が握っていることをお忘れなく。次、余計なことを言えば、殺させますから」

「……どうせ殺すつもりだろうに」

「ええ、ですが少しでも生きていたいでしょう？」

――まあ、そうだな。

私が今、しなければならないことは時間稼ぎだ。

こうやって、何らかの手段で誘拐されるだろうことは十分に予想できた。それに対抗する手段も考え、アーノルドたちに預けてある。

きっと彼らは――ロティは来てくれる。それが分かっているから、恐怖は感じない。

「……気味の悪い」

床に転がされ、蹴られても笑っている私を見て、宰相が顔を歪めた。

「誰も助けに来ない絶望で狂ったのか？」

「さあ、どうだろうな」

「ここは誰も知らない。打ち捨てられた、誰も気に留めない館だ。お前が死体で見つかったところで、私に繋がるようなものもない」

「そうか」

淡々と答える。宰相の無駄話に相槌を打ち、話を引き延ばした。

宰相は知らない。

彼らが私を迎えに来る手段を持っているということを。

宰相が最初に殺そうとしたロティこそが、彼を追い詰める存在になるということを彼は知らないのだ。

それが楽しくて仕方ない。

「あ」

ドクン、と突然心臓が大きく脈打った。全ての感覚が瞬間的に研ぎ澄まされる。

——ああ。

目を瞑った。

私は願った瞬間がついに訪れたことを全身で悟っていた。

彼女の存在を強く感じる。

――ロティが来た。

近づいてくる。私のもとに。それが手に取るように分かる。声を出さず笑った私を不気味だと思ったのか、宰相が叫んだ。

「もういい、ドゥラン！　その気狂い王子を殺せ！」

団長が腰から剣を引き抜く。だけど遅い。

時間稼ぎは終わった。彼らは――彼女は間に合ってくれたのだ。

ドアが蹴破る勢いで開けられる。

そうして見えた顔を確認し、私は勝利の笑みを浮かべた。

第五章　好きです、王子様

「殿下が誘拐されました……！」

「ルイスが？」

血相を変えたアーノルドから聞かされた言葉に、私は目の前が真っ暗になるかと思うほどの衝撃を受けた。夜着の上に羽織っていた分厚いショールを思わずギュッと握りしめる。

ルイスが誘拐された……。

それは私が一度も考えなかったことで、何かの冗談ではないかと本気で思った。

「嘘でしょう？　だって、ルイスはついさっきまで厨房で……」

食事の片づけをしていたはずだ。

手伝うと言った私に彼は笑顔で首を横に振り、部屋に戻っていいと言ってくれたのだ。あとで髪の毛の手入れをしてやるから、先に入浴を済ませておくようにと言ったことだって覚えている。

それはほんの一時間ほど前のことで、来るのが遅いなと思い部屋で待っていたのに……まさか私が暢気にしている間に攫《さら》われていたなんて信じられなかった。

「あなたたち、ルイスと一緒にいたのよね？　それなのに、どうして？」

ふたりが一階に残っていたのは知っている。この間、その腕前だって見た。彼らが後れを取るとは思えない。

私の言葉に、アーノルドたちは悔しげに俯いた。

「……殿下が厨房にいらっしゃった時、僕は隣の食堂に、カーティスは玄関ロビーにいました。カーティスが玄関ロビーにいたのは外からの侵入者を警戒してのことです」

カーティスもその通りだと首を縦に振った。

「玄関側からは誰も来なかった。それは誓ってもいい」

「僕の方にも特に何かあった感じはありませんでした。ただ、片づけが終わったあと、殿下が余った食材を片づけてくるとおっしゃったのです」

「余った食材……まさか」

アーノルドが言いたいことを理解し、ハッとした。

食料保管庫は厨房にある扉を開けて外に出たすぐのところにあるのだ。

それは以前、彼の世話をした時に見たから知っている。

「ご推察の通りです。殿下が食料保管庫に行くことは珍しくもない。いえ、珍しくないどころか毎日通っているといっていいでしょう。時間もほんの数分のことだ。……僕たちがついていくことも多いですが、行かない日だってある。今日もついていこうと思ったんです。ですが殿下が『余った肉をしまってくるだけだから』と」

「ああ……」

それはアーノルドを責められない。

彼が食料保管庫にひとりで行く姿は料理中にもよく見られるからだ。

私も何度も食料保管庫に行く彼を見送った。だって本当に、扉を出てすぐなのだ。危険なんてない。

「……すぐと言ったのに、十分以上経っても戻ってこられない。これは変だとカーティスを呼び、ふたりで厨房から外に出ました。そうしたら――」

アーノルドたちが見つけたのは、ルイスがしまうと言っていた肉の塊。それが無残にも踏みつけられた状態で地面に落ちていたという。食料保管庫の扉は開いたままだったところから、扉を開けたところを後ろから襲撃されたのではということだった。

「殆ど争った形跡は見当たりませんでした。よほどの手練れが殿下を攫っていったのか、抵抗できない何かがあったのかは分かりません。ですが、殿下が誘拐されたのは確かかと」

「……ごめん、オレたちがついていながら」

ふたりの言葉を、私は遠い異国の言語を聞いているような気持ちで聞いていた。

頭に言葉が入ってこない。

ただ、ルイスが誘拐されたという事実だけが私の心に重くのしかかっていた。

――誘拐された？　ルイスが？

もし、何かが起こるのなら自分だと思っていた。実際にこれまで狙われたのは私だったからだ。

だから次も私を狙ってくるに違いない、今度は何をされるのだろう、怖いなとそう思っていたのに──。

蓋を開けてみれば、攫われたのはルイスだという。

──嫌だ……！

誘拐された彼は今頃どんな目に遭っているのか。国の王太子を誘拐したのだ。捕まれば犯人は間違いなく処刑されるだろうが、そんなことより、彼の身が心配だった。

怪我はしていないだろうか。心を傷つけられはしていないだろうか。

そして──生きているのだろうか。

「あ……あ……あ……」

勝手にぶるぶると身体が震え始める。最悪な結末が、たとえ想像でも耐えられなかったのだ。

「いや……いや……いや……」

「シャーロット様!?」

アーノルドが慌てて私の方に駆け寄ってくる。私はその場に蹲《うずくま》り、頭を抱えた。

立っていられなかった。彼にもし何かあれば、生きていられないと思った。

──ああ、私ってなんて馬鹿なんだろう。

気づいてしまった。

こんな極限状態に立たされて、ようやく分かったのだ。

私が、とうにルイスをひとりの男性として愛していたということを。

ルイスが好きだ。

彼の優しい眼差しも、私に触れてくる大きな手も、温かい光を宿す紫色の瞳も、何もかも全部。

それらが永遠に失われるなんて考えたくもない。

「ルイスを……ルイスを探さなくっちゃ……」

フラフラと立ち上がる。こんなところでぼんやりしている場合ではない。

彼が生きている可能性だって十分にあるのだ。一分一秒でも早くルイスを見つけ出さないと――。

「どこへ行くおつもりですか？」

アーノルドが冷静に声をかけてくる。彼だってルイス付きの騎士だ。もっと焦っていてもおかしくないはずなのに、どうしてこんなに落ち着いているのか。それが不思議でたまらなかった。

「今、言いました。ルイスを探しに行くんです」

「女性のあなたがひとりで？　今から？　無理ですよ」

アーノルドが言うことは正論だったが、彼の言葉には怒りしか覚えなかった。

「じゃあ！　どうしろって言うんです⁉　ルイスが攫われて……こんな、冷静でいられるわけないじゃない‼　あなたたちの方こそ、どうしてそんなに落ち着いているのよ‼」

兵士や王宮に連絡する様子も見えない。部屋に駆け込んできた時は確かに焦っているようだったが、今は普段通りと言っていいくらいには落ち着いていた。

「あなたたちの主人が誘拐されたのよ⁉　それなのにどうして⁉　私、あなたたちはルイスに忠誠を誓っていると思っていたのに……！」

こんなのルイスに対する裏切りだ。

たまらない気持ちになって叫ぶ。自然と涙があふれてきた。それを見たカーティスが「あーあ」と両手を頭の後ろで組み、面倒そうに言う。

「アーノルド、泣かせてるし。あとで殿下に怒られるよ」

「うるさいですね。仕方ないではないですか。これから説明しようと思っていたのに、勝手にシャーロット様が暴走してしまったんですから」

「え……説明？」

パチリと、目を瞬かせる。その拍子に溜まっていた涙が流れ落ちていった。アーノルドがズボンのポケットからハンカチを出し、気まずげに差し出してくる。

「これをお使い下さい。……すみません。きちんと順を追って説明しますから、落ち着いていただけませんか」

「え……」

「殿下が誰に誘拐されたのか、そしてその場所を特定する方法もあります。ですから、あなたにはまずは落ち着いてもらいたいんです」

「……」

アーノルドの言葉を頭の中で何度も反芻させる。

彼はルイスを助けるための方策があると言っている。だから私に落ち着けと。

「……ふんっ‼」

私は黙ってハンカチを受け取り、それで思いきり鼻をかんでやった。

「うわ……」

アーノルドが嫌そうな顔をする。それに対してカーティスは指を指して大笑いしていた。ルイスさえ揃っていれば、いつも通りすぎる光景。それがまた涙を誘うが、しつこく泣いてはいられない。私は意地で涙を止め、鼻を啜ってからアーノルドを見た。

「な、泣きやみました。だから教えて下さい。どうしてあなたたちがそんなに落ち着いているのか。ルイスに今、何が起こっているのか」

「分かりました。説明しますから、まずはどこかに腰かけて下さい。あなた、自分で思っている以上にボロボロですよ?」

「……分かりました」

情緒がグチャグチャになったのは間違いなく目の前の男のせいだと思いながらも、私は近くにあったソファに腰かけた。羽織っていたストールをギュッと握りしめる。話を聞く体勢になったのを確認し、アーノルドが話し始める。

「実は、僕たちは今回の件については、予《あらかじ》め予想していました。『変眼の儀』がすでに行われたと知った宰相がどんな行動を起こすのか」

「はい……」

「あなたを直接狙うことに意味はないと彼は考えるでしょう。実際、意味はありません。あなたを殺しても娘を嫁がせることが事実上不可能になったのですから。それなら彼はどうするか。簡単だ。殿下ご自身を狙えばいい」

「えっ……」

ひゅっと息を吸い込む。動揺のあまり目を見開く私に、アーノルドは更に言った。

「この国に、今、殿下の他に跡継ぎとなれる正統な王子はおりません。もし、殿下が亡くなれば間違いなく国は大混乱に陥るでしょう。……陛下がもうひとり、子を作ればという可能性もなくはありませんが、それは著しく低いので」

「そう……なんですか」

仮定だと分かっていても亡くなれば、という言葉に、胸が酷く痛んだ。そんなことに絶対になって欲しくないし、あり得ないと思いたいが、事実としてルイスは今、誘拐されている。それがとてもつらかった。

また涙ぐみそうになるのをぐっと堪える。

アーノルドが淡々と続けた。

「主立った家臣は知っている話なのであなたにも教えますが、陛下は五年ほど前に大病を患われて、その後遺症で新たな子を望めなくなってしまいました。医師によれば可能性はゼロではないとのことですが、無理と断言したに等しいですね」

「えっ……それ、は……」

「これで、この国を引き継いでいけるのは実質上殿下だけという意味がお分かりいただけましたか」

とんでもない話を聞かされ、絶句した。

「い、いいんですか。そんな話を私にしても……」

「あなたは殿下のお妃様になられる方でしょう。どうせ近々嫌でも知りますよ。それより、分かっていただけましたか？　我が国における、殿下の重要性が」

「は……はい」

呆然としつつも首を縦に振った。

「今、殿下は御子どころか結婚もされていない。その殿下がもしお亡くなりになるようなことになれば、国は正統な後継者を失います」

「はい……」

「だけど、そのままにはしておけない。国には国王が必要です。それでは次に問題になるのは、誰が国王になるのかということになります。薄くとも王家の血を引く者が選ばれることとなるでしょう。陛下にはご兄弟がおられますから、彼らかその御子あたりが候補に挙がることになるかと」

「そう、ですね」

妥当なところだ。

国王の兄弟は皆、結婚と同時に臣下に降ってはいるが、そういう事情なら王族に返り咲くというのもあるだろう。

私が頷くと、アーノルドはにこりと笑い、言った。

「ここで残念なお知らせが。陛下のご兄弟はおふたり。そのおふたりともが、宰相からの援助を受けています」

「えっ……」

「つまり、そのおふたりのどちらが選ばれても、宰相の天下なわけです。当然、その御子であっても同じこと」

「……」

「臣籍に降った際、宰相が声をかけたそうですよ。『困ったことがあればなんでも頼って欲しい』と。今や、彼らは宰相から受けた恩で身動きが取れない状況です。そのあたりは僕たちの父と一緒ですね」

皮肉げに己の父を引き合いに出し、アーノルドは唇を歪ませた。

「分かりますか？　殿下がいなくなれば、王冠は宰相の息がかかった者たちのところへ行く。今までは殿下の妃を自分の娘にして、という考えだったみたいですけど、『変眼の儀』を殿下が行ったことで、完全に方向性を変えましたね」

それまで黙って話を聞いていたカーティスが、「あのね」と口を開いた。

「今まではさ、あの宰相って殿下のことを侮りまくっていたわけ。何せ、前世がどうとか言い出す王子だからさ。娘を妃に与え、義父として後ろから操ってしまえばいいって。それが一番楽だろうってさ。王国的にも直系の殿下が継ぐのが、諍《いさか》いがなくていいってあいつも分かってたんだよ」

アーノルドがその通りだと頷いた。

「ですが、その考えは完全に崩されました。もはや殿下は、宰相にとって邪魔以外の何ものでもありません。早急に始末することを考えるでしょう。だけど離宮で直接というのはない。目立つところで殺すと足がつくかもしれないし、僕らもいますから。隙を見て誘拐してそこで——というのが、一番可能性が高い。多分、その場には宰相もいるでしょうね。あの男は性格が悪い。邪魔な殿下が死ぬところを己の目で見たいと思っているはずですから」

「……」

「そういうわけでして、近々宰相が動くだろうということは分かっていたんですよ。殿下も僕たちもね。まあ、実際に誘拐されるとは思いませんでしたが。それに関しては予想していたのに防げなかった僕たちの責任です。殿下が戻られたあと、どのような罰でも受けるつもりです」

「だね。オレ、別に侮っていたわけじゃねえもん。むしろ、絶対に来ると思ったから気を張ってたくらいだし」

カーティスが悔しそうに拳を握りしめた。

だけどやはりふたりは焦っているようには見えない。話を聞けば、誘拐される可能性があるとは思っていても、誘拐されるつもりはなかったようなのに、どうして落ち着いているのか。

普通なら焦っても仕方ないと思うのに。

――あ、もしかして。

ふたりの話と態度を見て、ようやく気づいた。

「……おふたりは、ルイスがどこにいるのか分かるのですか？　だからそんなに落ち着いているのですか？」

問いかけると、アーノルドは正解という風に目を細めた。

「まあ、似たようなものです。と言っても、僕たちが知っているわけではありません。鍵を握っているのはあなたです、シャーロット様」

「私？」

アーノルドに名指しされ、心底戸惑った。

だって私は何も知らない。ルイスがどこにいるのかなんて分かるわけがないのだ。

助けを求めるようにカーティスを見る。だが彼も笑顔で私を見ていた。どうやら冗談を言っているわけではないらしい。だが、それこそ説明してくれなければ、何をすればいいのかすら分からないのだけれど。

「ど、どういうことですか？　せ、説明を……」

「分かっています。ここからが本題なのですから。――あなたの中には、殿下が十年以上溜めに溜めた魔力玉があります。その魔力玉は、今はあなたの中に漂っているだけで、時折あなたの瞳の色を変える以上の力を発揮しません。ここまでは分かりますか？」

「は、はい」

理解したということを示すために首を縦に振る。アーノルドも同じように頷いた。

「よろしい。あなたがやらなければならないのは、あなたの中にある魔力玉を、自身の魔力を使って発動させること。『変眼の儀』を完了させるのです。魔力玉を発動させれば、あなたの中に殿下の魔力が混じります。そうすればどうなるか分かりますか？」

「わ、分かりません」

事実、さっぱり分からなかったので素直に答える。アーノルドはここが肝心なのだという風に言った。

「『変眼の儀』を完了させれば、殿下の魔力が分かるようになるのですよ。具体的に言えば、殿下がどこにいるのかあなたには特定できるようになる。まあ、それは殿下も同じみたいですけどね。自分の魔力が混じるのですから、彼にもあなたの居場所が手に取るように分かる」

「……」

「『変眼の儀』とは本来そのためのものだそうですよ。何かあった時に、互いの居場所が分かるように。目の色が変わることの方が副産物だと殿下はおっしゃっておられました」

「えっ、じゃあ、どうして『変眼の儀』なんて名前に……」

まるでそれがメインであるかのような儀式名ではないか。心底不思議だったが、アーノルドは笑った。

「そりゃあ、決まっているでしょう。本来の目的の方を隠すためですよ。実際、宰相はこの話までは知りません。僕たちも、少し前に初めて殿下に教えられたくらいなのですから」

「……じゃあ、ルイスは」

声が掠れる。アーノルドは私の目を見て、肯定するように頷いた。

「ええ。もしもの時は、あなたに自分を探してもらってくれと、そういう意味だと僕たちは思っています。そのために、秘密を打ち明けて下さったのだと」

「……ルイス」

彼が己の命綱として私を選んでいたのだとようやく知り、目を見開く。アーノルドが静かに問いかけてきた。

「そういうことです。これで僕が知ることは全てお話ししました。その上でお聞きしますが――やりますか？」

「やります」

迷わず答えた。

やらないという選択肢などなかった。

ルイスは私が助けてくれると信じてくれているのだ。その期待を裏切りたくなかった。

「やります。やってみせます。どうすればいいんですか、教えて下さい」

食い気味にアーノルドに尋ねる。私の目を見て、本気であることを悟ったのだろう。彼は頷いた。

「良いでしょう。ですが、その前にひとつだけ確認しなければならないことがあります」

「……まだ、何かあるんですか？」

一刻も早くルイスを助けたいのに、まだやらなければならないことがあるのか。

眉を寄せると、アーノルドは予想もしなかったことを聞いてきた。

「シャーロット様。あなたは、殿下のことがお好きですか？」

「……は？」

唐突すぎて、何を言われたのか一瞬本気で理解できなかった。ポカンとする私にアーノルドが更に問いかけてくる。

「殿下のことをお好きなのか、そう聞いているのですけど。あ、もちろん、恋愛感情があるかという意味ですよ。家族愛とか、そういうのはなしでお願いしますね」

「え、いや、へ？　な、なんで今、それを？」

そんな場合ではないと分かってはいるが、顔が勝手に熱くなっていく。

先ほど自覚したばかりなのもあって、自分で制御できない。

動揺しまくる私に、アーノルドが真顔で言う。

「これは、とても大事なことなのです」

「何が大事なんですか！　ものすごくプライベートなことじゃないですか！」

思わずカッとなって言い返した。アーノルドは薄《うっす》らと笑みを浮かべ、何度も頷く。

「ええ、もちろん。分かっておりますとも」

「全然分かっていませんよね？　分かっていたら、そんなこと普通聞けませんものね⁉」

「で、好きなんですか？」

「だから、それをなんであなたに言わなくちゃいけないんですか‼」

絶叫した。

私がつい先ほど、彼に対する恋心を認めたのは事実だ。だが、それを何が悲しくて本人より先にアーノルドたちに告げなければならないのか。

どうせなら、真っ先にルイスに言いたい。

「嫌！　言いたくない」

断固拒否する構えでアーノルドを睨むと、彼は全て分かったかのような顔をした。

「……なるほど。大好きだと。よく分かりました」

「私は何も言っていません‼」

「顔を真っ赤にしての『言いたくない』は、答えを言ったも同然ですよ。まあ、僕も鬼じゃありません。これ以上聞くのはやめてあげますから、あとは殿下に直接言ってあげて下さい」

「……十分、鬼じゃない」

「そうですか？　でも良かった。これで殿下を救いに行けますね。さて、それでは魔力玉を発動させましょうか。まずは身体の中にある魔力玉を感じることに集中して下さい」

「は？」

何事もなかったかのように話を続けるアーノルドに呆然とした。

「ええ？　私にこれだけ恥ずかしい思いをさせておいて、放置するんですか？　というか、どうして聞いたんです？　せめて理由を教えてくれないと、ただ私が恥ずかしかっただけで話が終わってしまうんですけど！」

「え、じゃあもうそれでいいですよ」

「全然よくありません！」

「うるさいですね。殿下を助けたくないんですか」

「……助けたいに決まってます！」

「じゃあ、僕の言う通りにして下さい。分かりましたね？」

ピシャリと窘められた。

私としてはもっと色々言ってやりたいところであったが、ルイスを救いたい気持ちの方が強かったので、ここは退くしかないと諦めた。

――うう、ルイスが戻ってきたら絶対に責め立ててやるんだから。

勝手に人の想いを暴いたことを許したわけではない。

心に決め、気持ちを切り替える。

アーノルドに言われた通り、体内にあるという魔力玉を感じ取ろうと集中した。

――魔力玉、魔力玉……。

口の中で溶けてしまったが、あの紫色の飴をイメージすればいいのだろうか。己の内側を探るようなイメージで、魔力玉を探す。

「……あ」

すぐにそれっぽいものを発見した。それはちょうど私のお腹の上辺りにあり、なんだか温かくてぽかぽかしているような気がする。

――不思議。

魔力玉をもらってから、一度もこんな気配を感じたことはなかったというのに、一度気づいてしまえば、『そこにある』とはっきり分かる。

私が声を上げたことに反応したアーノルドが聞いてくる。

「見つけましたか？」

「はい」

「良かった。……見つけることができたのなら、こっちのものです。自分の魔力でその魔力玉をコーティングするイメージをして下さい。それができたら、じわじわと侵食するイメージを」

「……はい」

言われた通り、己の魔力で包み込む。普段、あまり魔法を使うことのない私だが、苦手というわけではないので、すぐにアーノルドの言う通りにすることができた。

「あっ……」

己の魔力を中にある魔力玉に染み込ませていくと、魔力玉はしゅわりと中に溶けていった。まるで最初に口の中に入れた時のようだ。私のものではない魔力が私の魔力に違和感なく混じり合っていく。

「……上手くいったようですね」

何も言っていないのに、アーノルドには分かったようだ。それに頷く。ルイスの魔力が私の中に混じったせいなのだろう。ルイスが今、どこにいるのか、手に取るように分かる。彼の魔力がどこにあるのか、言われなくても分かる。

そして、魔力を感じられるということは、彼が生きているということでもあるわけで。

そのことに気づき、私はほっと息を吐いた。

――良かった。ルイスは生きている。助けに行くことができる。

私は椅子から立ち上がり、アーノルドたちに言った。

「ルイスのいる場所が分かりました。アーノルド様、カーティス様。行きましょう。私が、案内します」

何を言われようと、置いていかれるつもりはなかった。

◇◇◇

時間はもう真夜中。だが、ルイスを助けるためには一分一秒でも早く行かねばならない。

私は急いで外出用の服に着替え、アーノルドたちが用意してくれた馬車に飛び乗った。

私が準備をしている間に、カーティスが兵を纏めて連れてきた。宰相や団長の息のかかった者ではない。最近ルイスが雇い入れたという私兵たちだ。

カーティスが連れてきたのは、十人ほど。彼らは皆、馬に乗っていた。アーノルドとカーティスは私と同じ馬車に乗り込み、私が示した方角へと御者を急がせた。

「ルイス……どうか無事でいてくれますように……」

ガタガタと揺れる馬車の中、私はひたすら神に祈りを捧げていた。私たちが到着するまでに彼に何かあったら……。そう考えるだけで胸が潰れそうな心地になる。

一度、魔力玉を発動させてしまえば、あとは何もしなくても彼を感じられる。まるで何かに呼ばれているような気持ちになるのだ。私はただそれに従うだけ。

「次を右に曲がって下さい」

「そのまま真っ直ぐです。曲がらないで。あ、行きすぎ。戻って下さい」

感じたままを告げる。アーノルドたちは私のはっきりしない指示にも戸惑わず、言う通りに動いてくれた。

私が言ったままを御者に伝え、御者も素直に従った。そのおかげか、二十分ほど馬車を走らせただけで、無事、目的地に辿《たど》り着いた。

「ここです」

「……停めて下さい」

アーノルドが御者に指示を出す。

カーティスが扉を開け、先に降りた。ついてきていた兵士たちも次々に馬を下りる。

「……」

薄暗い道に降り立つ。街灯の明かりがあるので真っ暗ではないのが救いだった。こんな真夜中に外に出てきている自分が信じられなかったが、今はそんなことを気にしている場合ではない。

「シャーロット様、間違いありませんね？　この建物の中に殿下が？」

「はい」

確認してきたアーノルドの言葉にしっかりと頷く。

目の前に見えるのは、おそらくは古い館だ。以前は貴族が住んでいたのだろう。敷地面積はかなりある。だが、暗がりでも分かるほど庭が荒れているので、今、誰も住んでいないのは明らかだ。門扉には明かりもないし、屋敷は真っ暗だ。だけどよく見ると、一カ所だけ明かりがついている部屋がある。多分、ルイスはそこにいるのだと察した。

「アーノルド様。あそこです」

明かりのついている部屋を指さす。アーノルドもしっかりと頷いた。

「ありがとうございます。ここまで案内してもらえれば十分。今からは僕たちの仕事です。ひとりで残ってもらうのも危ないので、来るなとは言えませんが、できればカーティスと一緒に一番後ろからついてくると約束してくれませんか」

「分かりました。お約束します」

ついてくるな、なら聞き入れられなかったが、一番後ろであろうと行っていいのなら断る理由はない。むしろ邪魔にならない場所を提示してもらえて有り難いとすら思った。

ルイスを救う邪魔にだけはなりたくないのだ。

首を縦に振ると、ちょうど兵士たちに指示を出し終えたカーティスが戻ってきた。そうして口を尖らせて言う。

「えー、オレ、やだ。真っ先に突っ込みたいもん。アーノルドがお嬢様と一緒にいてあげればいいじゃんよ」

「……お前は……まあ、良いでしょう。確かに先陣を切るのはお前の方が向いていますからね。では、シャーロット様は僕と一緒に。構いませんか？」

「はい。私はどちらでも結構です」

ふたりがルイスに信頼された騎士であることはよく知っているので、どちらといても安心できる。

そういえば、とカーティスが言った。

「あのさ、さっき兵たちに指示を出した時に少し中を覗いてみたんだけど、多分、外に見張りはいない。いるとしても、あの明かりのついた部屋くらいじゃないかって感じ」

カーティスの話を聞き、アーノルドが眉を寄せる。ふむ、と考えるように拳を顎に当てた。

「不用心ですね。……大方、殿下を誘拐したことを知る者の数を最小限に留めたかった、というところなのでしょうけど」

「オレもそう思う」

「殿下を殺すつもりなら余計に。目撃者や事実を知る者の数は少ない方がいいですから。昨今、どこから情報が漏れるか分かりませんし」

「宰相は肝が小さい男だしねえ」

「なるほど。理解しました。それなら、全員で突入しましょうか。くれぐれも、ギリギリまで気づかれないようにお願いしますよ」

「誰に言ってんの。分かってるって」

カーティスがドンと胸を叩く。

話が決まったところで、カーティスが兵士たちを引き連れ、先に敷地内に入った。武装しているのに物音を立てないのは、やはりそういう訓練を受けているからだろうか。

十人以上が同時に移動しているとは思えない静かさに驚いていると、アーノルドがこちらの注意を引くように肩を軽く叩いた。

「ぼうっとしている暇はありません。僕たちも行きますよ」

「は、はい」

「再度言いますが、あなたは絶対に僕の前には出ないように」

「はい」

危険があるから繰り返しているのだと分かっているので、こちらも真剣に頷く。

アーノルドの後ろを、小走りで追いかける。できるだけ音を立てないよう気をつけてはいるが、素人にはなかなか難しかった。

先行したカーティスたちが館の扉を開け放しにしてくれているので、問題なく中に入る。中も薄暗かったが、足下が見えないほどではなかった。

玄関ロビーはずいぶんと床が傷んでおり、二階へ続く階段はボロボロで、上るのも危険な状態だ。明かりがついていたのは一階だったなと思っていると、右の奥の方で大きな音がした。

扉が乱暴に開け放たれる音。それとほぼ同時に、カーティスと兵士たちが突入したような音も聞こえてきた。

アーノルドと顔を見合わせる。

「行きましょう」

「はい」

音のする方に、ふたりで急ぐ。部屋の前には見張りだったのか、ふたりの男が倒れていた。扉は開いたままで中が見える。室内は不自然なほど明るかった。埃っぽい部屋で、元々は書斎か何かに使われていたのだろうか。大きな机やソファにテーブルといった最低限の家具があったが、どれもボロボロで使用できる状態ではない。部屋の奥には宰相と、前に夜会で見た団長がいて、カーティスたちと争っていた。

カーティスは団長と剣で応戦している。逃げようとする宰相を兵士たちが取り囲んでいた。その後ろには、両手両足を縛られたルイスが床に転がっていたが、兵士のひとりが彼の戒めを取り払っている最中だった。

「ルイス！」

思わず声を上げ、彼の名前を呼ぶ。ルイスが反応し、こちらを見た。だが、それだけだ。戒めが解かれたルイスは立ち上がると、宰相の方へと歩いていった。

「っ！　うぜえ！」

ちょうどそのタイミングで、カーティスたちの方も決着がついた。カーティスの剣が団長の剣を弾き飛ばしたのだ。剣は近くの床に突き刺さり、丸腰になった団長の首にカーティスが容赦なく剣を突きつけた。

「オレの勝ち。親父、弱くなったんじゃね？」

「……実の父に向かって剣を向けるとは何事だ。今すぐその剣をしまえ」

睨みつけながら己の息子に告げる団長に、カーティスは顔を歪めた。そうして拳で鳩尾《みぞおち》を殴る。

不意を突かれたのか、団長は一言も発することなく床に沈んだ。

「ごっめーん。鬱陶しかったから、親父には眠ってもらうことにしたー」

殊更明るく告げるカーティス。アーノルドも眼鏡の柄の部分に手をかけ、平然と言い放った。

「いいんじゃないですか。僕も耳障りな音を聞きたくありませんでしたし」

「良かった」

「――では、あとはお前だけだな、宰相」

響いたのは、怒りを孕《はら》んだルイスの声だった。兵士に囲まれ、逃げられない宰相にルイスが近づいていく。殴られたのだろうか。よく見ると、頬が少し腫れていた。

宰相がルイスを睨みつける。追い詰められても矜持を失わないところはさすがだった。

「……若造が……よくも」

「場所を特定できないだろうと高を括ったのがお前の敗因だな」

「どうして……どうしてここが分かったんだ！　ここは誰も知らない場所なのに……！　見つかるにしてもこんな短時間であり得ない！」

そう吐き捨てた宰相に、ルイスが淡々と告げる。

「残念ながら王家にはお前の知らない秘密があるということだ」

「私の知らない？　馬鹿な……そんなこと、あるはずが……」

「信じるか信じないかはお前の勝手だが、今のお前の状態が全てを物語っているとは思わないか？　こんな逆転、あるわけがないと思っていただろう？　だが、現実はこうだ」

「……」

無言で睨み続ける宰相。彼が、『変眼の儀』の隠された真実を知らなかったのは、彼の態度から見ても明らかだった。

「私をどうするつもりだ」

歯を食いしばり、宰相がルイスに問いかける。ルイスは興味なさそうに言った。

「もちろん、法に則って処分する。お前の罪状は、王族の誘拐及び殺人未遂。どう少なく見繕っても処刑だろうな」

「ふざけるな！　長年宰相を務めてきたこの私を処刑するだと⁉　誰もそのようなこと許さんぞ！　私に恩を受けた者たちがどれほどいると思っているのだ。そいつらの力を使えば処刑など覆してくれる！」

「やれるものならやってみるがいい」

宰相の怒鳴り声にもルイスは冷静だった。

「お前の言う者たちはお前に喜んで従っていたわけではなく、弱みを握られて従わざるを得なかっただけ。もちろん例外もいるだろうが、それはごく少数だろうな。お前が捕らわれたと知って、わざわざお前を助けるために動くと思うか？　本当に？　そのまま見捨てるのが自分のためだと思うのが普通ではないか？」

「……」

「これ以上は話しても無駄だ。連れていけ」

ルイスの命令を受け、宰相を囲んでいた兵士たちが動く。宰相は抵抗していたが、多勢に無勢。すぐに縄でぐるぐる巻きにされ、連行された。

「ふざけるな！　この私が！　処刑⁉　あり得ない！　絶対に許さんぞ！」

最後まで宰相はルイスに向かって口汚く罵っていた。彼を感情の見えない目で見送りながら、ルイスが呟く。

「……私を殺すのなら、もっと早くにするべきだったな。お前の本当の敗因は、私を気狂い王子と侮り、生かし続ける選択をしたことだ」

「……ルイス」

あまりにも悲しい言葉に、聞いているこちらの方が、胸が痛くなってくる。

カーティスが気絶したままの団長を嫌そうに引っ張った。足を持っているせいで、ずるずると引き摺《ず》る形になっている。

「オレ、親父を連れていくから。アーノルドは殿下たちの護衛を頼むね」

「分かりました」

アーノルドが頷くと、カーティスは父親を引き摺り、部屋を出ていった。

室内には私とルイス、そしてアーノルドだけが残っている。ルイスはまだ宰相が連れていかれた方向を見ていた。そんな彼に声をかける。

「ルイス……」

「……ロティ」

ようやくルイスがこちらを見てくれた。

少し硬かったが、笑顔が向けられる。それがどうにもたまらなくなり、私はルイスの胸へと飛び込んだ。

「ルイス、ルイス……！　心配しました！」

「すまない。だが、よく見つけてくれたな」

ルイスが私を抱きしめ、顔を覗き込んでくる。その目が嬉しげに輝いた。

「きっと君は来てくれると信じていた」

「……当たり前です」

ルイスを見上げる。その顔をしっかりと見つめた。頬が腫れているのが痛々しい。

「痛そう……。ルイス、他に怪我はありませんか？」

「大丈夫だ。この頬の傷もそんなに酷いものではないから気にするな」

「気にします。だって腫れているじゃないですか……冷やさないと」

焦っていると、アーノルドが言った。

「手当てのためにも、まずは離宮に戻りましょう。ここはあまり長居するような場所ではありませんし」

「……そうだな」

自分がいる場所を見回し、ルイスが苦い顔をする。

埃まみれのボロボロの部屋。年単位で放置されていたのが分かる屋敷内はお世辞にも綺麗とは言えない。

小さな虫が土と埃が薄ら積もった床の上を歩いていく。声にならない悲鳴が漏れた。私は虫が駄目なのだ。足があるのもないのも、全部無理。料理されたものならいけるが、生きているのは……

鳥肌が立つほどに苦手だ。

「いやあああああ……」

泣きそうな声を出すと、私が何に怯えているのか分かったルイスが慌てて言った。

「すぐにここを出よう」

コクコクと頷く。明かりの始末だけして、私たちは老朽化が進みすぎた屋敷を抜け出した。

◇◇◇

「……帰ってきたわ」

馬車から降り、明かりのついた離宮を見上げる。一時はどうなるかと思ったが、無事、ルイスを連れ帰ることができた。中に入ると当たり前だが明るい。そのことが泣きたいくらいに嬉しかった。

アーノルドがルイスに言う。

「陛下にはカーティスから連絡がいっておりますので、殿下はこのままお休みになってもらって結構です。今晩は、僕が寝ずの番をしますので」

「分かった。だが、その前にひと休憩したいところだな。ドロドロになった服も着替えたいし」

ルイスが自分の格好を見下ろす。汚い床に転がされていたからだろう。彼の服はずいぶんとくたびれ、汚れていた。私もずっと緊張していたせいかかなり汗をかいている。一旦落ち着きたい気持ちはあった。

「ロティ、一度着替えてから食堂に来られるか？　君にもずいぶんと苦労をかけてしまった。話せることは話したいし、お茶でも飲んで落ち着きたいとも思うのだが」

「はい。是非、お願いします」

もう日付が変わるような時間ではあったが、このまま解散と言われる方が困る。話をしてくれるのなら全部聞いてから眠りたかった。

馬車の中では皆、無言で、何か聞けるような雰囲気でもなかったからだ。

「分かった。それではあとで」

「はい」

頷き、自室に戻る。服を脱ぎ、汗を拭ってからいつも着ている部屋着を手に取った。リボンのついたブラウスと膝下丈のスカート。気負うことのない格好の方がいいと判断したのだ。

できるだけ急いで用意をし、下へ降りる。すでにそこにはルイスがいて、お茶の準備を整えていた。

「は、早いですね……」

新しい服に着替えているルイスを見て目を丸くする。もっと時間がかかるものと思っていたのに。

「男性は、女性ほど時間はかからないからな。ほら、カモミールティーを淹れたぞ」

「あ、ありがとうございます」

「隣に座っても？」

「はい」

いつもはテーブルの端と端に座るので変な感じだが、話をするのなら近い方がいい。

アーノルドの姿が見えなかったのでキョロキョロしていると、私が何を探しているのか気づいたルイスが口を開いた。

「アーノルドは外に出ている。屋敷をひと回りしてくるそうだ。先ほどカーティスも合流したと聞いている。彼らに任せれば大丈夫だろう」

警備に出かけたと聞き、頷いた。

何せ、つい先ほど誘拐されたばかりなのだ。主犯とみられる宰相を捕まえたとはいえ、他にルイスを狙う者がいないとも限らない。警戒を強めるのは当然だろう。

納得し、カモミールティーを一口飲む。柔らかい味わいは、身体の奥まで広がり、心を解してくれるような、そんな気がした。お茶請けにクッキーがあったので、何枚か摘まむ。

こんな時間に食べるのはどうかとも思ったが、お腹が減りすぎて胃が痛いくらいだったから、落ち着かせるためにも少し食べた方がいいと思った。

ルイスも黙ってカップを傾ける。お茶が半分ほどなくなった頃、ルイスがカップを置き、静かに話し始めた。

「ロティ。馬車の中では何も話さず、すまなかったな」

その言葉に首を横に振った。

「いえ……私も落ち着いて話を聞きたかったですし」

色々気になっていたのは事実だが、ルイスにも何か事情があったのだろう。そう思い告げると、ルイスは困ったような顔をして言った。

「できれば、アーノルドのいないところで話したいと思ったのだ」

「……？」

「何せ、嬉しすぎて何を口走るか自分でも分からなかったからな」

「ルイス？」

嬉しいとはどういう意味だろう。

答えを求めてルイスを見る。彼は柔らかい笑みを浮かべ、私を見つめていた。

「――綺麗な紫色だな」

「えっ……」

首を傾げかけ、彼が何を言いたいのか理解する。

私の目の色は、完全に紫色になっていた。それに気づいたのは、誘拐されたルイスを助けに行くために着替えていた時で、鏡を覗いた私は酷く驚いたのだ。

それどころではなかったのですぐに気持ちを切り替えたし、今の今まで忘れていたけれども。

「……これ、『変眼の儀』が完了したから、変わったってことなんですよね」

「そういうことだ」

アーノルドから聞かされていたことを改めて尋ねると、肯定が返ってきた。なんとなく尋ねる。

「もう、元の色に戻らないんですか？」

「戻らない。儀式は完了したからな。……嫌か？」

「いいえ」

一瞬も悩まなかった。嫌だなんてそんなこと思うはずがないではないか。

私は微笑みを浮かべ、彼に言った。

「嫌だなんてまさか。私はルイスのことが好きなので、お揃いというのは嬉しいですよ」

「えっ……」

「好きです」

「……」

聞こえなかったかなと思い、もう一度告げる。

好きだと認めてしまったのなら、さっさと言ってしまおう。そう思ったのだ。

大体私たちはすでに婚約をしていて、儀式だって完了している。しかもルイスは私を好きだと言ってくれているのだ。そんな関係性があって、私が居竦《いすく》む理由はどこにもない。

「遅くなってすみませんでした。私、どうやらルイスのことが好きみたいです。その……お母さんとかじゃなく、ちゃんと男の人として見てます」

「ロティ」

「今までもなんとなく好きなのかなと思っていたんですけどね。ルイスが攫われたって聞いて、ああ、好きなんだって納得したんです。もう会えなくなるというのがどうしても耐えきれなくて。そんなことで気づいたのかって言われたら、申し訳ないと言うしかないんですけど」

誘拐されたことがきっかけというのは私もどうかと思うが、嘘は吐きたくなかったので正直に言った。

「今もちゃんと、ルイスのこと、好きだなって思ってます。無事に帰ってきてくれて本当に良かった。……心配したんですからね」

「っ！」

ガタン、と音を立て、ルイスが椅子から立ち上がった。

そうして私の腕を引っ張り、同じように立ち上がらせる。次の瞬間、思いきり抱きしめられた。

「……君が好きだ」

聞こえてきた声は震えていた。それに気づき、勇気づけるよう私も告げる。

「……はい、私もです」

彼の背中に手を回す。くっついているせいか、彼の心臓の音が聞こえてくる。鼓動が速くなっているのが分かり、嬉しくなった。

——ルイスも私と一緒なんだ。

彼も同じようにドキドキしてくれている。それに気づき、笑みが零《こぼ》れる。

ルイスの抱きしめる力が強くなった。少し痛みを感じたが全く気にならない。

ルイスが掠れた声で言う。

「……好きな人に好きと言ってもらえるのがこんなに嬉しいことだとは知らなかった」

「私も。好きな人に好きって言えることが幸せだって初めて知りました」

最初にルイスから好意を伝えられた時は、戸惑いと恥ずかしさしかなかった。

嫌ではなかったけれど、驚きの方が大きかった。まさか愛されているとは思わなくて、どうしようと本気で焦った。

今は違う。

私が感じているのは喜び。

抑えきれないほどの歓喜が私を包んでいた。

思いが通じ合うというのはこんなにも幸せなことなのか。本当に彼を失わずに済んでよかったと心から思った。その思いが口に出る。

「無事に戻ってこられて本当によかった。ルイスに何かあったら私……」

声が少し震えたことに気づいたのだろう。抱きしめる腕に力が更に籠もった。

「心配させて悪かった。この通り、君のおかげで無事だ。五体満足でピンピンしている」

「……嘘ばっかり。頬、冷やさないと駄目ですよ。どうして手当てしていないんですか」

「すまない。君と早く話したくて。しかし、君に心配されるというのはなかなか嬉しいものだな」

笑いの含んだ声が返ってきた。全く。笑い事ではないのに。

「喜んでいないで、今すぐ冷やして下さい。もう、なんで笑っているんですか」

ムッとしながらルイスを見上げる。彼は何故か嬉しげに首を横に振った。

「いや、今は無理だな」

「どうしてですか」

理由が分からない。水で冷やすくらいすぐだろうに。

私の疑念にルイスはにっこりと笑って告げた。

「どうしてもなにも。ようやく気持ちを通じ合わせることができた君と抱き合うことを優先したいだけなのだが」

「えっ」

想像もしなかった理由が返ってきて、心の準備が全くなかった私は、見事に頬を赤く染めた。

ルイスの機嫌が分かりやすく上昇する。

「うん？　それとも君は違うのか？　いや、違わないな？」

「あ、あう……で、でも、手当てをしないと……」

心の中を見破られているようで恥ずかしい。だけど、痛々しく腫れた頬をそのままにしているのは気になるのだ。どちらも本音で、なんと言えばいいのか分からない。

動揺する私に、ルイスは嬉しげに言う。

「あと数分くらい遅れようが今更変わらない。君を抱きしめる方が大事だ」

「……ほ、本当にあと数分ですか？」

「ああ」

「……それなら」

妥協した……というか、負けた。

だって仕方ない。私ももう少しこの幸せな気持ちを味わっていたいと思うのだから。

「……で、でもあとちょっとだけですからね」

「分かっている」

「終わったら、手当てしましょうね」

「もちろんだとも」

「聞きたいこともたくさんあるんですから」

「なんでも聞いてくれ」

本当かなと思いながらも、私も嬉しいので、再びルイスの胸に顔を埋め、幸せに浸る。

「大好きです、ルイス」

「ロティ、君を愛している」

場所が食堂だとか、時間が真夜中だとか、そういうのはどうでもいい。

今はただ、ルイスの温もりを感じていたかった。

結局彼の頬を冷やすことができたのはそれから三十分以上も経ってからだったし、碌に話もできなかったが、そんなことが気にならないくらいには幸せだった。

終章　ずっとお世話して下さい！

ルイスの誘拐事件から、二週間が過ぎた。

投獄された宰相は、結局処刑ということになった。王族を誘拐し、殺そうと企んだのだから当たり前だ。

彼はいつものように、別の誰かに罪を着せようとしたが、今回は現行犯ということもあり難しかった。ルイスが死ぬところを直接己の目で見たかったと現場まで来ていたのが仇《あだ》となったのだ。普段の彼なら命令を下すだけで、決して安全な場所から出てこなかったのに。

よほど、己の言う通りにならないルイスが気に入らなかったということなのだろう。

双子騎士たちの父親も同罪。

彼も「宰相に命じられただけで、自分の意思ではない」と最後まで罪を認めようとはしなかったが、その主張は認められなかった。何せ、ルイスを怪我させたのも誘拐を実行したのも彼だったのだから。

首謀者と実行犯。王族を狙った彼らが処刑されるのは当然の流れだった。

彼らの処刑方法は自ら毒を呷《あお》るというものだったが、ふたりは最後まで見苦しく足掻《あが》いたそうだ。

見届け人が彼らを押さえつけ、結局無理やり服毒させたとか。

酷く後味の悪い最後になってしまった。

宰相たちが処刑されたことで、彼らについていた人たちは皆、一斉に国王側に寝返ったらしい。

そういう人たちは、また何かあれば簡単に裏切るが、それを分かっておけば使いようはあるとルイスが言っていた。きっと私には分からない駆け引きがあるのだろう。そのあたりはもう、聞くだけ聞いて、忘れてしまうことにした。

どうなるのだろうと今後が心配だったのが、アーノルドとカーティス、そしてベラリザだ。

三人は団長と宰相の子供。

親が罪を犯せば、その子供にも責任をというのが一般的な考え方なので、三人も処刑なり追放なりさせられてしまうのではないかとかなり心配していたのだが、それは良い意味で覆された。

アーノルドとカーティスに至っては、それこそ彼らがルイスに仕え始めた時から国王たちと密約があったらしい。

ルイスに誠心誠意、命を賭して生涯仕える。その代わり、団長が犯した罪は彼らには適用されないという約束だ。

ドゥラン侯爵家はお取り潰し。だが、ふたりは国王から新たに爵位を授けられ、別の家名を名乗ることになった。母親も連れていくそうだ。

元々、母親に暴力を振るう父親の姿に嫌気が差し、ふたりでなんとか母親を守ろうと考えてのルイスへの忠誠だったと聞けば、彼らが母親を大切にしていることは明らかで、その母親もようやく暴力を振るう夫から逃れられてホッとしているのだとか。

やっと訪れた平穏を満喫しているようだとふたりは語っていた。

もうひとり、私の友人であるベラリザだが、彼女は当初隣国へ行くという話だった。

追放というわけではない。ベラリザは最初から私たちに協力的だったこともあり、そのあたりはルイスが骨を折ってくれたから、彼女自身に咎めはない。だが彼女自身、母親を早くに亡くし、家族は宰相である父親ひとりだけ。その父親が亡くなり、家も取り潰しとなったので、母方の親戚がいるという隣国へ引っ越すしかないと判断したようだった。

「ようやく父から解放されて気分も晴れやか。隣国でいちからやり直すのもいいかと思って」

その日の午後、彼女は離宮にやってきて、そう言った。

いつものように前庭でお茶をしていた私は、それを聞き、酷く驚いたのだ。

「ベラリザ、外国へ行くの？」

せっかく友人になれたというのに、この国からいなくなってしまうのか。

残念だけど、彼女を引き留めることはできない。親を亡くしたのだ。親戚を頼るのは当然の流れだと分かっていた。

「大丈夫よ。手紙だって書くから」

「ええ」

理解はできても、感情はなかなか納得できない。これが今生の別れというわけではないのに、どうしても悲しくなってしまう。

「……ベラリザ様」

「……何」

護衛として私たちの側に控えていたアーノルドが、ふとベラリザの名前を呼んだ。面倒そうに彼女がアーノルドを見る。アーノルドはじっと彼女を見つめ、何か納得したように頷いた。

「あなた、良かったら僕と結婚しませんか？」

「は」

「え？」

「な」

「だっはっはっはっは！」

ベラリザ、私、ルイス、カーティスの順だ。

唐突すぎるプロポーズにその場にいた全員が目を丸くした。

いや、カーティスだけは笑っていたけれども。

「な、何を言っていますの⁉　ふざけるのもいい加減にしてくれます？」

ガタン、と音を立て、ベラリザが立ち上がる。その顔は真っ赤だった。

「僕はいたって真剣ですけど。別にあなたは隣国に行きたいというわけではないのでしょう？　できればこの国にいたい。だけど、ひとりでは暮らしていけないから。そういうことですよね？」

「え、ええ、それはそうだけど」

眉を寄せつつも、ベラリザは頷く。

「だったら、あなたを庇護する者が他にいればいい。僕も新たに爵位を賜ることになりました。今後は結婚という話も出てくるでしょう。それは非常に面倒臭い……というか、押しつけられる女性に興味はなくて」

「……それがどうして私になるのよ」

「あなたが面白い女性だから、でしょうか。どうでもいい女性と結婚するくらいなら、見ていて飽きそうにないあなたの方がマシだなと、そう思いついたんです」

「体の良い人身御供《ひとみごくう》に私を使わないでちょうだい」

「え、でも、あなただって僕と同じでしょう。隣国へ行ったところで待っているのは、政略結婚。どんな相手が宛がわれるか分かったものじゃない。それなら僕にしておけばいいのでは？　これは双方にメリットのある話ですよ」

「……」

アーノルドの話を聞き、ベラリザは黙り込んだ。どうやら考える余地はあるらしい。

「そう……ね。確かにあなたの言うことは一理あるかもしれない。でも、私、別にあなたのことを好きでもなんでもないわよ。そこは勘違いしないでちょうだい」

「それは僕も同じですよ。見ていて面白いから、まああなたならいいかなと思っただけ。どうせ政略結婚するなら、双方納得した方が幸せな人生を送れるでしょう。そう考えただけです」

愛はないと言うアーノルドだが、酷いとは感じなかった。それは、ここにいる全員が思っていることだろう。

政略結婚なんて往々にしてそういうものだからである。

私だってルイスとの結婚が決まった時、そこに愛はなかった。いつか芽生えればいいなとは思っていたけれども。

むしろ知っている人との結婚なら幸運なのではないだろうか。顔見知りで嫌悪感がなく、年が近い結婚相手。普通に考えて大当たりである。

それは公爵令嬢であったベラリザもよく分かっているのだろう。真剣な顔つきでアーノルドに言った。

「あなたの言いたいことも分かったし、私に利のある話ということも分かったわ。……でも、さすがに即答はできないの。考える時間をちょうだい」

「それは構いませんが、引っ越す前にお願いしますよ。隣国まで行かれてしまってからでは色々と面倒なんです。今ならあなたの返事ひとつでどうにでもできますから」

「ええ。引っ越しの具体的な日程は決めていないから、あなたへの答えを先に出すことにするわ」

「お願いします」

「まあ、期待しないで待っていてちょうだい」

話を切り上げ、ベラリザは使用人数名しか残っていない屋敷に帰っていった。

父親が処刑され、彼女は殆どの使用人に暇を出したそうだ。隣国へ行く予定だったというのならそれも納得である。だが、見送った彼女の背中はどこか機嫌良さそうに見えた。

「ねえ、アーノルド。あんなこと言ってさ、実は結構本気なんだろ？」

ベラリザが帰ったあと、カーティスが笑いながらアーノルドを小突いた。片割れの言葉に、アーノルドは「どうでしょう」と微かに笑う。

「僕はただ、これから確実にやってくるだろう『うちの娘をどうですか』攻撃を潰したかっただけですよ。それに彼女を面白い人物だと思っているのは本当ですから」

「ふーん、じゃ、まあそういうことにしとくね」

「ええ、そうして下さい。彼女はあなたの義理の姉になるのですから、仲良くお願いしますね」

「まだ分かんねえじゃん」

「ふふ、僕が狙った獲物を逃すとでも?」

にっこりと綺麗に笑うアーノルドは、とても楽しそうだった。ベラリザも嫌そうな顔はしていなかったし、ふたりが納得しているのなら口を挟むのは野暮というものだろう。

それに、せっかくできた友人だ。彼女がこちらに留まってくれるのは私も嬉しい。

「どうなるのかしら……」

なんとなく未来が見えたような気がしたが、それは言わないでおくことにする。

だって未来は変わるものだから。もしかしたら、ベラリザがアーノルドの求婚をすげなく断る未来もあるかもしれない。だから話が決まるまではただ見守っておこうと思った。

◇◇◇

「今日のご飯も美味しいです……！」

その日の夜。私はいつも通りルイスお手製の晩ご飯を頬張っていた。

今日のメニューは、『ハンバーグ』。これも初めて見た時は、非常に衝撃的だった。

だって、ミンチ肉を捏ねて焼くのだ。あまりにも庶民的すぎて驚いた。

だけどこれがまた美味しくて。

私はすぐにハンバーグの魅力にハマっていった。特に好きなのが、ハンバーグの上にチーズをかけた、『チーズハンバーグ』。これが涙が出るほど美味しくて癖になる。

蕩けたチーズのかかったハンバーグは肉汁がたっぷりで、複雑な味わいだ。嚙みしめるほどに美味しさが増していく。チーズハンバーグはルイスの作る料理、トップファイブに入る勢いの好物だった。

「飴色玉葱との相性もバッチリ。あ〜、美味しい！」

「相変わらずだな、君は。だが、今日はそれくらいにしておけ。デザートを用意してあるから」

「はい、分かりました！」

元気よく返事をする。

ルイスと恋人同士になりはしたが、私たちの関係が特に変わるようなことはなかった。

だって婚約者で、一緒に住んでいるのだ。更に言うと、距離だって元々非常に近かった。これ以上変えようがない。

敢えて言うのなら、性的なことなのだろうが……ルイスは無理にそういうことを進める気はないようで、私たちは実に清いお付き合いをしていた。

いや、同居はしているのだけれども。

性的な接触は一切ないので、清いと言っても間違いではないと思う。

ただ、お互いに好意を口にすることは増えた。あとは、ボディタッチ的なものも。

そういう些細《ささい》な触れ合いが、今はとても幸せだった。

アーノルドたちも私たちの関係が変わってからは気を遣ってくれているのか、部屋の外にいることが増えたし、今も食堂の中には入らず、廊下で待機している。おかげでふたりきりの甘い時間を過ごせるというわけだった。

「今日のデザートは、『マリトッツォ』だ」

「わあ！　なんですか、それ」

初めて聞いた名称に、これはまた異世界料理だなとピンと来る。

出てきたのはブリオッシュ生地に零れんばかりに生クリームが挟まれたスイーツ。中にイチゴが入っている。パンの形が丸くてとても可愛かった。

「わ、わ……すごい……美味しそう！」

「私の世界で、一時期、とても流行っていたスイーツなんだ。君は生クリームが好きだろう？　こういうのも好むのではないかと思って」

「最高です！」

ルイスに断り、マリトッツォを手に取る。まずは一口。

中にたっぷり挟まれている生クリームが最高に美味しかった。滑らかで、濃厚。これは幸せの味わいだ。

「美味しい〜！」

フワフワパンケーキを食べた時と同じくらいの衝撃があった。ものすごく甘いだろうと思っていたのに、甘さは控えめで、中に入っていたイチゴが良い味を出している。更に生クリームだけと思っていたら少し酸っぱいジャムも入っていて、ますます私の食欲を引き出してくれた。

「すごい……こんな食感初めて……」

一心不乱に齧りつく。ルイスは食後のおやつとしてマリトッツォを五つ用意してくれたが、あっという間に完食してしまった。

「はあ……とても、とても美味でした。遙《はる》か彼方、天上の食べ物だと言われても信じる勢いでした」

「相変わらず君は大袈裟だな」

「大袈裟なものですか！」

呆れたように言うルイスだが、断じて大袈裟などではない。この神の食べ物と言っていいものを独り占めできる自分の幸運が、ちょっと本気で信じられないくらいだ。

ほう、と息を吐きながら、淹れてくれたルイスブレンドの紅茶を飲む。そういえば、私の目の色は紫ですっかり定着した。鏡を見てもふうんとしか思わないくらいには慣れたし、愛着も湧いている。

「ロティ、どうした？」

己の瞳についてなんとなく考えていると、ルイスが声をかけてきた。彼は紅茶のポットを持っている。王子様だというのに、サーブする姿がこれ以上なくよく似合うのは、きっと彼だからだろう。

そう思いながら、私は今自分が考えていたことを口にした。

「いえ、すっかりこの紫色にも慣れたなと思っていただけです」

「ああ、目の色の話か？」

「はい」

肯定しつつ、なんとなく、前々から気になっていたことを聞いてみた。

「ルイス、ひとつ聞いてもいいですか？」

「なんだ？」

「『変眼の儀』のことなんですけど。儀式を完了させるのって、魔力玉を発動させることが条件だって話ですよね」

「？　そうだ」

「その儀式、もっと早くやってもよかったのでは？　どうして、あんなギリギリまでやらなかったんです？」

具体的にはルイスが誘拐される前に。

『変眼の儀』は発動させれば、お互いのいる場所が分かるという。そんな効果があるのなら、さっさとやっておけば良かったのだ。実際いくらでも機会があったのに、どうしてとずっと疑問だった。

「できるものならやっていた。だが、なかなか難しかったんだ」

「難しい？　結構簡単にできましたけど」

魔力玉を発動させた時のことを思い出し、首を傾げる。特に悩むようなことは何もなかった。何が難しいというのだろう。

首を傾げている私を見て、ルイスが笑う。紅茶のカップにおかわりを注ぎながら彼が言った。

「ロティは、以前私が、『変眼の儀』を完了させるには条件が揃っていない、と言ったことを覚えているか？」

「それは、はい、覚えていますけど」

というか、それが『魔力玉を発動させること』ではなかったのか。

どういうことだとルイスを見る。彼はティーポットを置くと、テーブルに手を突き、身体を屈めて言った。

「魔力玉を発動させるには、その相手のことを好きでないと駄目なんだ」

「へ？」

「もちろん、無自覚では駄目だ。だから私は、ずっと君が私のことを好きになってくれるのを待っていた」

「……なんですか、その条件」

相手を好きにならなければ発動できない、なんてそんなことあるのだろうか。

だがルイスが嘘を言っているようには見えない。

それに、それなら辻褄が合うのだ。

ルイスが誘拐された時、アーノルドは私に『ルイスのことが好きなのか』と聞いてきた。一刻を争う時にどうしてそんなことをと思っていたのだが、それが発動の条件だったというのなら頷ける。

「え、でも……そんなの博打《ばくち》みたいなものじゃないですか。歴代のお妃様たちとか、どうしていらっしゃったんです？　王族って基本、政略結婚ですよね？」

「だから、基本的に『変眼の儀』は相手と気持ちが通じ合ってからしか行わない。父上に会った時に驚かれていたのをロティは忘れたか？」

「いえ、確かにそれは覚えていますけど……ええ、そういう意味だったんですか？」

まだ途中で儀式を終えたわけではないと言うと、国王はかなり驚いていた。その理由が今なら分かる。

条件を満たしていない――相手にまだ決定的な好意を抱かれていないのに、儀式を決行したからだ。そりゃあ、驚く。私だって吃驚だ。

「ルイスって……意外と考えなしなところがありますよね」

「そうか？　君以外と結婚する気がないのだから、別にいつ儀式を行ったって構わないだろう」

「ええ？　で、でももし私があの時、魔力玉を発動させることができなかったらどうするつもりだったんですか？　発動させられたからルイスの場所が分かりましたけど、そうでなければルイスは危なかったんですよ？」

「もちろんそれは分かっていたが」

ルイスはそこで言葉を句切り、私を見た。今は同じ色になった瞳が煌めいている。

「きっとできると思っていた。君の気持ちが私に向き始めているのは分かっていたからな。そろそろ頃合いだろうとも。もしまだ自覚していなくてもあの状況だ。アーノルドが無理やりでもそういう方向に持っていくだろうと踏んでいた。何せ、緊急事態だからな」

「それはそうですけど……」

私が、魔力玉を発動させるだろうと確信していたらしいと知り、なんだか気が抜けてしまった。

まあ、確かに自覚するまでの間にも、ルイスを可愛いと思ったり、ドキドキしたりとそういうことは多々あった。だから、私の思いを察せられていても仕方ないのかもしれないけれど……なんだか恥ずかしいというか悔しい。

——私は分かっていなかったのに！

ルイスの方は察していて、私が気づくのを待っていたとか、間抜けにもほどがある。

「ロティ」

ルイスが私の顎に手をかける。クッと持ち上げられ、視線がガッチリと合った。端整な顔に一瞬見惚れ、ドキッとする。

「とにかく、無事、君は私の色に染まってくれたわけだ。父上にも儀式が完了したことは伝えたし、あとは挙式をするだけ。楽しみだな。……早く、名実共に君を私の妻にしたい」

「うう……ううう……」

至近距離で心底嬉しそうに微笑まれて、私に為す術があるわけもない。

私は半分自棄になりながら叫んだ。

「分かりました！　もうそれならそれでいいですけど、その代わり、私にずっと美味しいご飯を食べさせて下さいよ！　責任を持ってしっかりお世話して下さい！　それが私の結婚の条件です!!」

私の叫びを聞いたルイスは目を丸くし、そうして軽く唇を合わせてきた。

柔らかな感触に、時が止まる。

「えっ……」

「任せておけ」

初めてのキスに動揺し、現状をよく理解できていない私に、ルイスがそれは美しく微笑んだ。

これぞまさに王族と言わんばかりの自信に満ちあふれた微笑みを浮かべた彼は、もう一度、今度は頬に口づけを落とす。

「――何せ、私の趣味は君の世話をすることだからな。君の願いを叶えることなど朝飯前だ」

顔が真っ赤になる。触れられた唇を指で押さえた。

「な……な……な……」

「好きだぞ、ロティ」

「私も好きですけど！」

なんとか意地で言い返すも、私がルイスに勝てる日は来ないと確信した瞬間だった。

番外編　結婚してもいつもの私たちです！

「おめでとう！　おめでとうございます！」

「王太子様！　妃殿下！　おめでとうございます！」

馬車に乗っての一大パレード。その周囲にはたくさんの警備の兵がいる。

天気は晴天。季候も良いし、絶好の結婚式日和だ。

大勢の国民の声に応え、手を振る。

隣を見れば、同じく手を振る夫となったルイスの姿があり、私の視線に気づくと、優しい笑みを浮かべてくれた。

「どうした？　ロティ」

「いいえ。ただ、結婚したんだなあって」

しみじみと呟く。

そう、そうなのだ。

今日は私とルイスの結婚式。

私たちは、ついに結婚したのだ。

◇◇◇

離宮へ向かう馬車の中、ルイスの言葉に同意する。

今日は本当に、死ぬほど忙しかった。

午前中に挙式。そのあとは王都を巡るお披露目のパレード。更には、王宮の大広間を使っての結婚披露パーティーだ。

国内貴族が全員参加していたのは当然のことながら、外国からもたくさんの国賓が来ており、その挨拶にてんてこ舞いだった。

話をする合間に水分を取ることくらいはできたが、ひっきりなしに祝辞を受け、微笑んでいるうちにお開きの時間になってしまった。パーティーは立食形式でとても美味しそうな料理がずらりと並んでいたというのに、どれひとつとして私の口に入ることはなく、とても悲しかった。

食を何よりの楽しみとしている私に対し、あまりの仕打ちではなかろうか。

「私たちが主役のはずなのに……全然ご飯が食べられませんでした……」

「あー……疲れましたね……」

「そうだな。王族の義務とはいえ、ここまで長いと私も疲れた。だがまあ、一生に一度のことだし、思い出にはなっただろう」

「それは確かに……」

はう、とお腹を押さえる。

私が着ているのはお針子たちが一年近くかけて作り上げたウェディングドレスだ。スカートの膨らみを控えめにした真っ白なドレスは、首元まで刺繍がびっしり施されている可愛らしいデザインのものだった。腰に大きなリボンがあり、薄い生地を何重にも重ね合わせている。とても素敵で私も気に入ってはいるのだが、いかんせん、かなり重たい。離宮に戻ったらまずはこれを脱いでお風呂に入りたいと、私は真剣に思っていた。

髪もアップにしているのでとても重いし、結構肩が凝り始めている。短時間なら良いが、長時間はキツい。宝石がふんだんに使われたティアラもその重みに一役買っていた。更に言うと、レースの長袖手袋もかなりしんどい。足だっていつもより高いヒールを履いているせいか、今すぐ脱ぎたいくらいには限界が来ていた。

花嫁衣装というのは何故こうも着ている人間に厳しい造りになっているのか。もちろん、見栄を張るためだと分かっているが、長時間身につけるものではないなとしみじみ思う。

思わず愚痴ってしまった私に、ルイスが優しく同意する。

「そうだな。息を吐く暇もなかったから仕方ないといえば仕方ないのだが……」

「美味しそうな料理が目の前にあるのにスルーしないといけない悲しみ。どんな拷問よりも堪《こた》えました」

並べられていた料理の数々を思い出し、ため息を吐く。ルイスが腕を伸ばし、腰を引き寄せてきた。

「わっ……なんですか」

「いや、君はどんな時でも、変わらないと思ってな」

「それ、褒めてます？」

「もちろん」

疑わしいと思いながら、夫となった人の顔を見る。

今日のルイスはきっちり髪を上げ、黒の式典服を着ていた。髪色が黒なのもあって、よく似合っている。光沢感のある素材を使っているのと、華やかな縫い取りがあるせいで、地味には見えない。私は紫色の宝石が使われたネックレスをつけていたが、彼も同じ色の宝石をタイピンにしていた。お揃いでちょっと嬉しい。

「ルイス、その服、似合いますね」

「ありがとう。だが、今日の主役は君だろう。いつも君は可愛いが、今日は三割増しで愛らしいぞ」

「あ、ありがとうございます」

さらりと褒め言葉を言われて、照れてしまう。好きな人に褒められるのは嬉しいものなのだ。とはいえ、確かに今日の私は自分でも可愛いと思う。一生に一度の晴れ舞台なのだから当然なのだけれども。

馬車の中には私たち以外誰もいない。ただ、御者席の隣にはカーティスが座っているし、離宮ではアーノルドが待っているはずだ。結婚後も彼らがルイス付きの騎士であることは変わらない。

「……ようやく私のものになったな」

「え？」

ぼんやりしていると、ルイスが頬に口づけてきた。視線を彼に向ける。蕩けるような目で見つめられた。

「早く君と結婚したかったんだ。ずいぶん待ったが、やっと念願叶った」

「ずいぶんって……一年ほどでしょう？　普通だと思いますけど」

宰相たちが処刑されてから、約一年。王族の結婚は準備に時間がかかるものだから、遅いというほどでもない。だがルイスの意見は違うようだった。

「いや、かなり待たされた。変眼の儀が終わっているのだぞ？　すぐに結婚式という話でもよかったのに」

「後処理とか色々ありましたし、仕方ないですよ。でも、こうして無事結婚できて良かったです」

宰相が処刑されたのを機に、王宮は人事を一新したのだ。そのゴタゴタもあっての一年。むしろ早かったくらいかもしれない。

「ルイスもずっと忙しくしていましたものね」

「父上だけに任せるわけにもいかないからな。だがまあ、しばらくは急ぎの案件もない。父上にもお許しをいただいているし、新婚生活を謳歌できるぞ」

「ふふ、それは楽しみです」

結婚しても私たちが離宮で暮らすことに変わりはない。何せルイスは私を他人に世話させることが大嫌いだから。全部自分でやりたい彼は、離宮に相変わらず使用人を近づけなかった。

例外なのは、私の洗濯を担当してくれるメイドひとりだけ。彼女だけは、結婚後も通わせていいと許可をもらっている。

「あ、そういえば、ひとつ言おうと思っていたことがあったんでした」

「うん？」

ルイスが首を傾げる。そんな彼に向かい、私は笑いかけた。

「おめでとうございます。今日から、ルイス念願のお風呂のお世話を解禁します。その……夫婦になったんですし、もういいかなって」

「ロティ？」

吃驚したようにこちらを見てくるルイスに頷いてみせる。

お風呂の世話に関しては、ずっと私が拒絶してきたこともあり、今まで一度も実現したことはなかった。彼はそれをよく不満に思い、「結婚したら、絶対に風呂の世話もする」と何度も私に訴えていたのだが、まさか私の方から言い出すとは思わなかったのだろう。

鳩が豆鉄砲を食ったような顔をしている。私としては、彼を驚かせることができたので、とても満足だ。

「ふふ、驚きました？」

「いや……それは……驚いたが……本当に良いのか？」

「ルイスが言っていたことじゃないですか。それともあれは冗談だったんです？」

「いや、冗談ではないが」

さくっと返ってきた答えには苦笑しかない。

「ほら、やっぱり。それならもうこちらから言い出そうかなと思っただけです。今も恥ずかしいのは恥ずかしいですけど、結婚するまではという私の意思を尊重してくれたルイスに私も応えたいと思っているんですよ？」

ルイスがしたくないと言うのなら、引き続きひとりで入らせてもらうけれども。

彼の顔を見れば喜んでいるのは明らかで、そうはならないだろうなと一瞬で理解した。

新婚初夜から一緒にお風呂。

なかなかにハードな始まりだが……後悔はしていない。今日という日がきたらそう言おうと、半年以上前から決めていたのだ。とうに覚悟はできている。

「まさか君がそんなサプライズを用意してくれていたなんて思わなかった……。すごく嬉しい」

噛みしめるように言われ、手を握られた。そんな気はないけれど、やっぱりやめるは通用しなさそうな勢いだ。

「それは良かったです」

「こんなことなら、新しい洗髪料を用意するんだった。ああいや、明日にでも取り寄せを頼もう。君にどうかと思っていた品が十種類はあるんだ。是非君にも意見を聞きたい」

「……私はそのままの方がいいです。確かルイスとお揃いの洗髪料を使っていたでしょう？　一緒ってなんか良いじゃないですか」

「よし、変更はなしだ。そのままにしよう」

ルイスの変わり身が早すぎて笑ってしまった。

しかし相変わらずルイスは私の世話に情熱的である。そんな彼に絆《ほだ》されて、気づけば好きになっていた私も大概だとは思うけど。

「ルイス」

もう一度ルイスに声をかける。ぷにっと頬を指で突くと、彼は目を瞬かせた。

「ロティ、どうした？」

「もうひとつ、いいですか？」

「うん？　まだ何かあるのか？」

「はい」

むしろこれからが本番だ。

私は姿勢を正し、彼の目を真っ直ぐに見つめた。同じ紫色の瞳。私が何よりも大好きだと思っている色だ。

深呼吸をする。これも結婚する時に絶対言おうと思っていたのだ。

「ルイス、以前、私に言ったことを覚えてます？」

「ん？　なんの話だ？」

「ルイスが私に、自分の作ったものだけを食べて生きて欲しいって言ったことです」

「ああ」

「今もそれ、同じように思ってます？」

「愚問だな」

聞く必要があるのかという顔をするルイスに、そうだろうなと深く頷く。最初にその話を聞いた時は、なんてむちゃくちゃなことを言うのかと驚いたものだけれども。

「まあ、いいですよ」

「ん？」

「だから、ルイスがそうしたいのならそれでいいですよって。あと、ルイスが一緒に死んで欲しいって言うんならそうします。私も、ルイスがいないなんてもう考えられないし。でも、できれば長生きして下さいね。私、できるだけたくさんルイスの作ったご飯を食べていたいんですから」

「……」

「ルイス？　あれ、返事をしてくれませんか？　ルイス？」

何故かルイスが固まってしまった。私を見つめたまま、動かない。

「ルイス？」

もう一度声をかける。ハッとしたようにルイスは我に返った。そうして私の両肩を摑む。

「い、いいのか？　わ、私は本気にするぞ」

「冗談でこんなこと言いませんよ。夫婦は一蓮托生《いちれんたくしょう》と言いますしね。まあ、ルイスがそれを望むというのなら吝《やぶさ》かではないと思っただけです。ただ、そうですね。できればルイスと一緒の時は食べ歩きや外食も許して欲しいです。だってデートですもん。そういうことだってしたいと思っておかしくないでしょう？」

食べ歩きをするのは今でも私の趣味だが、結婚し、王太子妃となったのだし、ひとりで彷徨《うろつ》こうとはもう思わない。だけどたまにでいいから、ふたりでデートに来た時とかだけは許して欲しいなとそう思うのだ。

「駄目、ですか？」

「……いや。私と一緒というのなら……いい。私も君と出かけるのは好きだから」

「良かった」

ぽんと手を叩く。

それなら何も問題はない……というか、十分すぎる。

「ではそういうことで。末永くお願いしますね」

にっこり笑ってそう言うと、ルイスが変なものを見たような顔をした。

「……ロティ、なんだか君は結婚して強くなった気がするな」

「そうですか？　だとしたら色々吹っ切ったからかもしれませんね。悩んでも無駄だって。だって、私がルイスを好きなことに変わりはないんですから」

「だからと言って、一緒に死んでもいい、はなかなか言えないと思うが」

「あ、じゃあやめておきますか？　私はそれでもいいですけど」

ルイスがそうして欲しいというのなら構わないというだけなので、しないのならそれはそれでいい。

だがルイスは慌てて首を横に振った。その顔がものすごく真剣だ。

「や、やめない。せっかく君が頷いてくれたんだ。誰がやめるものか」

「はあ。それならそれでいいですけど」

「……嬉しい。ありがとう、ロティ」

身体を引き寄せられ、抱きしめられた。どうやら相当嬉しかったらしい。

「だが、それなら私も君に何か返さなければならないな。もらいっぱなしというのはどうにも……まさか君がこんな嬉しい贈り物をしてくれるとは思わなかったんだ」

「気にしなくていいですよ。もらってばかりなのは私の方ですし」

普段から、何くれとなく世話をしてもらっているのだ。食事に至っては、三食おやつ付きの生活が保障されている。しかもその全てが最高に美味しいときた。

私の方こそたまには何か返さなければ、申し訳なくなってしまう。

「君は私の妻なのだから、そんなこと気にする必要はないだろう。むしろ、私が是非にと頼んで世話させてもらっているのだから」

「んー、それはそうなんですけど、私もすっかりルイスにお世話されることに慣れてしまいましたから。今更、使用人に……って言われても、嫌だなと思ってしまいます」

好きな人とふたりきりで暮らす生活。慣れてしまえば、それは手放しがたい魅力がある。

ガタ、と音を立てて馬車が停まった。

「あ、着いたようですね」

どうやら離宮に戻ってきたらしい。

話はそこでやめ、ルイスと一緒に馬車を降りる。離宮を見ると、帰ってきたという気持ちになるのはいつの頃からだっただろうか。

「さあ、ロティ。入ろう」

「はい」

ルイスが手を差し伸べてくる。その手に己の手を重ね、一緒に離宮に入った。

まずはお風呂だろうか。覚悟はしてきたが、いきなりというのは緊張するなと思っていると、何故かルイスは私を食堂の方に連れていった。

「食堂?」

「腹が空《す》いているだろう? 先に食事をしたいのではないかと思って」

「はい、それはもう! 嬉しいです!」

どうやらルイスは私がお腹が減ったと言ったことを覚えてくれていたようだ。

すっかり自分たちが婚礼衣装のままだということも忘れ、私は目を輝かせた。

「何を食べさせてくれるんですか?」

「さて、それは見てのお楽しみだな」

笑いを含んだ声で、ルイスが食堂の扉を開けた。途端視界に入ってきた光景に、私は驚きのあまりポカンと口を大きく開けた。

「えっ……! これ……」

食堂のロングテーブルの上に存在を主張するように置かれていたのは、五段もある大きなケーキだった。

ケーキには生クリームで作られた色とりどりの薔薇がいくつも飾られている。イチゴがたっぷりと使われていて、とても美味しそうだ。天辺には人形が二体、載っていた。

人形は婚礼衣装を着ている。そのふたりが誰なのか、さすがに説明されなくても分かる。

「わあ……わあ……」

「一生に一度しかない結婚式だ。せっかくだからと思って、『ウェディングケーキ』を作ってみた。こちらの世界にはない概念だが、前世の世界ではわりと一般的でな。昨日作って、帰る時間を見計らってアーノルドに準備させておいたのだが……上手くいったな」

満足そうに笑う声が聞こえたが、私の目はケーキに釘づけだった。

こんな素晴らしいケーキ見たことない。

視界の端に疲れた顔をしたアーノルドが映ったが、気にしないことにした。今、大事なのはルイスが私のために作ってくれたというウェディングケーキだ。

「すごい！　こんなケーキ見たことないです……！」

「私も作ったのは初めてだ。君なら喜んでくれるだろうと思ったんだが……それで、どうだ？」

「最高です！」

あまりの喜びに、ウェディングドレス姿のまま抱きついた。ルイスはそんな私を危なげなく受け止めてくれる。

「すっごく美味しそうです。これ、全部食べてもいいんですか⁉」

「もちろん、君のために作ったのだからそうしてくれて構わない。だが、結構量があるぞ？」

ルイスに指摘され、確かにと思った。

さすがにこの量を一度にというのは難しいかもしれない。

「半分くらいならいけそうな気がするんですけど」

「ぶっ……」

後ろでカーティスが吹き出した音が聞こえた。

「半分とか、胃袋おかしいだろ」

その言葉には全力で反論させてもらいたい。私はキリッとした顔を作り、カーティスに言った。

「何、言ってるんですか。ルイスが私のために作ってくれたんですよ？　余裕に決まってるじゃないですか」

「キリッとした顔で言うの、マジでやめて……。変に笑えてくるから」

「カーティス様って、本当に失礼ですよね」

全く、と頬を膨らましていると、ルイスがひょいと私を抱え上げた。

「わっ……」

「ロティ、新婚の夫を放って他の男と話すのはやめてくれないか。私がヤキモチを妬いてしまう」

「え、でもカーティス様ですよ？　今更すぎません？」

「今更でも、今日は特別だろう？　だって、結婚した当日なのだから」

「それもそうですね」

なるほど、その通りだと頷く。ルイスが瞳に熱を灯し、私に言った。

「本当は今すぐ君を浴室に連れていって、そのあとはベッドで思いきり可愛がりたいと思っているのに、空腹の君を慮《おもんぱか》ってケーキまで用意したんだ。そんな私を放っておくのはあまりにも酷くないか？」

「……ルイス、言い方がいやらしいです」

ベッドで、なんてあまりにも直接的だ。

だけど今日が新婚初夜で、いわゆるそういうことをするのだと私だって知っている。

だから私は彼の首に己の両手を絡め、自分から口づけた。

「でも、すごく感謝していますよ。だから旦那様。私にケーキを食べさせて下さい。一緒に食べさせ合いっこしましょうよ。そうしたらきっと楽しいと思うんです」

にっこり笑ってそう告げると、ルイスがくしゃりと笑った。

「君には敵わないな。……ああ、そうしよう。だが、食事が終わったら、覚悟しておくんだぞ」

「ええもう、どんとこい、ですよ！」

恥ずかしいけれど、それは無視して大きく頷く。だって結婚初夜なのだ。旦那様の要望には全部応えてみせようではないか。

それくらいには私は彼のことが好きなのだから。

ルイスが私を抱えたまま、ウェディングケーキに近づいていく。

大きなケーキは、見れば見るほど心が躍る。

生クリームとイチゴの良い匂いが、食欲を刺激した。

ケーキの前でルイスが私を下ろしてくれる。まるで芸術品のようなケーキに見惚れていると、ルイスが細長い包丁を持ってきた。柄の部分にピンクのリボンが巻かれている。

何故そんなことをしているのだろうと思っていると、ルイスが私に言った。

「それでは、『ケーキ入刀』といこうか。夫婦初めての共同作業だな」

「『ケーキにゅうとう』?」

「君の要望もあったことだし、『ファーストバイト』もやらないとな」

「『ふぁーすとばいと』? なんです、それ」

「あとで全部説明してやる。楽しみだな」

どうやら『ケーキ入刀』も『ファーストバイト』も、ウェディングケーキと同じで、異世界の言葉らしい。

意味は分からないけど、ルイスがとても上機嫌なので、きっと楽しいことに違いない。

――ええ、きっとそうに決まってる!

ルイスと一緒なら、何をしても楽しいのだから。

だから私はワクワクしながら彼の説明を待つことに決めた。

あとがき

こんにちは、月神《つきがみ》サキです。

前回、告知していたとおり、新刊は『殿下』の二巻となりました。

相変わらず、ヒーローにお世話されるヒロイン……。羨ましい限りです。

今回は「マリトッツォ」や「パンケーキ」「タピオカミルクティー」など、一世を風靡した数々を出してみました。

料理を交えつつ、ようやくふたりはくっついてくれたわけですが、書いててとても楽しく、終わってしまうのが残念でした。

新キャラとして出したベラリザなんかはとても書きやすかったですね。ルイスにズケズケ物を言える彼女、きっとアーノルドとも良い感じにくっつくんじゃないでしょうか。知らんけど。

この辺りは、なんとなくぼやかしたまま終わっておきたいと思います。

2巻の挿絵もm《め》／g《ぐ》先生にご担当いただきました。

見ました？　あのキラキラしたカバーイラスト。見た瞬間、これはすでに完成しているのでは？　タイトル要る？　作者名要る？　必要ないよね？　となりました。

細部までこだわりが感じられるカバーイラスト。奥側にいる双子騎士たちも良い味を出しています。山のようなスイーツにうっとりのロティはいつも通りで可愛いし、給仕をするルイスも素敵。ベラリザは……ベラリザだなって思いました（語彙力）。

挿絵にあった眼鏡ルイスはご褒美でしかありませんでしたし、月明かりの中抱き合うシーンは雰囲気があってとても素晴らしかったです。

本当に作家やってて良かったなと思いました。私は絵の才能が皆無なので、自分の作品のキャラが絵になるというのはグッとくるものがあります。

m／g先生、お忙しい中本当にありがとうございました。

ということで、そろそろあとがきも終わりなので、次回作の予告をしておきますね。

次作はフェアリーキスでは久々のピンクでお届けする予定です。

今、まさに絶賛執筆中です。この本が発売する頃までには初稿が書き上がっている予定ですので、また発売の際にはお手に取っていただければ嬉しいです。

ではでは、次作でお会いできるのを楽しみにしています。

殿下の趣味にお付き合いいただき、ありがとうございました！

月神サキ

転生男装王女は結婚相手を探さない
月神サキ
SAKI TSUKIGAMI
イラスト 林マキ
思わせぶりな召喚士の取り引きに恋心を振り回されて――!?
転生男装王女は結婚相手を探さない
椎名秋乃
コミカライズも大好評発売中!!
フェアリーキス ピンク
fairy kiss
Jパブリッシング https://www.j-publishing.co.jp/fairykiss/ 定価：1320円（税込）

フェアリーキス
NOW ON SALE
Nana Goroku
御鹿なな
Illustration
北沢きょう
王女様に婚約を破棄されましたが、おかげさまで幸せです。2
ある辺境伯の恋
不憫な辺境伯、思わぬ勘違いからの大逆転!?
身元を隠して辺境伯ディルクの屋敷でメイドとして働く異国出身のシェーラは、ある日ディルクのお酒に付き合うことに。恋に不器用な彼は、何度目かの婚約者にふられてしまったらしい。反省を口にして酔い潰れた彼を介抱したところ、なぜか翌朝、真剣な顔で「責任を取るため、私と正式に恋人となってほしい」と告げられる。完全な早とちりから始まった関係は、二人に淡い想いを芽生えさせるが、誤解と勘違いが新たな事態を引き起こし!?
フェアリーキス ピュア
fairy kiss

予言の乙女は大公の従者になって魔境に潜伏中です
yogen no otome wa
taikou no jyuusha ni natte
makyou ni senpukuchuu desu
Mele Higuruma
日車メレ
Illustration
深山キリ
勘違いと嘘からはじまる
ほのぼの ＆ あまあま従者ライフ♥
フェアリーキス
NOW
ON SALE
〝予言の乙女〟として召喚された里央は、「不法侵入した少年」と間違えられ、王太子に剣を向けられてしまう。間一髪、助けに入ったのは魔境を治める大公ローランドだった。人のよさそうな彼に頼み込み、里央は正体を隠したまま従者になったが……「おいで。男同士、遠慮なんて必要ない」ご主人様の距離が近すぎます！
里央が魔境の人々と楽しくスローライフを送る一方、王都では〝予言の乙女〟が現れないと大騒ぎになっていて⁉
フェアリーキス
ピンク
fairy kiss

殿下の趣味は、私（婚約者）の世話をすることです2

著者　月神サキ　© SAKI TSUKIGAMI

2021年10月5日　初版発行

発行人　神永泰宏

発行所　株式会社Ｊパブリッシング
〒102-0073　東京都千代田区九段北3-2-5 5F
TEL 03-3288-7907　FAX 03-3288-7880

製版　サンシン企画

印刷所　中央精版印刷株式会社

ISBN：978-4-86669-434-4
Printed in JAPAN